DAVID LAURENTS (HRSG.)

AUF HOCHTOUREN

BRUNO GMÜNDER

Loverboys 9
1. Auflage

Aus dem Amerikanischen von Gerold Hens
„Spanischer Sommer" von Markus Sandel
© 1997 Bruno Gmünder Verlag
Leuschnerdamm 31, D-10999 Berlin

Originaltitel: Wanderlust
© 1996 David Laurents
Erschienen bei Masquerade Books, New York
by Arrangement of International Scripts

Umschlaggestaltung: Stefan Adler
Foto: Didier Lonys
Druck: Nørhaven, Dänemark

ISBN 3-86187-039-8

BITTE FORDERN SIE UNSEREN VERLAGSPROSPEKT AN!

In Memoriam Robert Trent
1945 - 1995

INHALT

OPERATION KUBA

Phil Andros

Zum dritten Mal war jetzt dem Air-France-Steward auf dem Flug von Paris nach Havanna etwas zwischen die Reihen gefallen – zuerst eine Plastiktasse, dann ein Plastikteller und diesmal eine Papierserviette.

Nachdem der Teller gefallen war und ich den schnellen, gezielten Blick bemerkt hatte, mit dem er sich bückte und unter meinen Kilt zu schielen versuchte, richtete ich die Felltasche, so daß sie nicht mehr zwischen meinen Beinen lag, und zog den Saum des prächtigen, karierten Kilts enger, damit es ihm beim nächsten Mal gelingen würde, seinem kleinen französischen Herzen eine Freude zu bereiten.

Als er sich bückte, um die Serviette aufzuheben, beobachtete ich seine Augen. Sie wanderten unter den Kilt, wurden groß, als ich die Hüften etwas nach vorn reckte, und dann öffnete sich sein Mund. Mit der Zungenspitze fuhr er sich über den Rand seiner Oberlippe und dachte endlich daran, mir ins Gesicht zu sehen. Ich grinste ihn an.

Ich zwinkerte ihm zu. Er fing sofort an zu reden. »Monsieur wünschen etwas?«

Ich schaute zu der Witwe am Fenster hinüber. Sie lag in tiefem Schlaf. »Och«, sagte ich in meinem besten Schottenakzent. »Bist'n heller Junge, irgendwas, was de selbst gern hätt'st, nein?«

Er wurde knallrot. »N-nur sehen, ob Monsieur… ob Monsieur…«

»… was unterm Kilt trägt?« Ich schaute auf meine Uhr. »Ich werde in fünfzehn Minuten die Herrentoilette aufsuchen«, sagte ich. »Die auf Steuerbord.«

»Ich werde sie für Monsieur vorbereiten«, sagte er leise und erhob sich von den Knien, um zum Ende des Flugzeugs zu gehen.

Was für eine verrückte Welt! Da saß ich hier – auf Kosten des Innenministeriums der USA – im Flugzeug nach Havanna mit einem schottischen Paß, einem vollen Satz gewissenhaft gefälschter Papiere, drei verschiedenen kompletten Schottenoutfits mit Kilts und mit einem schmutzigen kleinen Plan, den ich so sorgfältig geprobt hatte, daß ich ihn nicht hätte vergessen können, selbst wenn ich's versucht hätte.

Vor drei Jahren war ich vom Innenministerium in Washington gefeuert worden, weil sie mich mit runtergelassenen Hosen auf dem Herrenklo mit einem anderen Kerl erwischt hatten, mit dem ich gerade einen Heidenspaß hatte. Also ging ich anderen Beschäftigungen nach. Vor zwei Monaten war ich von meinem früheren Boß wieder nach Washington zurückbeordert worden.

Nach der Ankunft wurde ich direkt in sein Büro geführt. Er dirigierte mich in einen Sitz. Sein Haar war ein wenig grauer und sorgfältig gekämmt wie immer. Ich hatte schon lange den Verdacht, daß er selber zum Club gehörte, aber etwas diskreter als ich es gewesen war.

»Setzen Sie sich, Jock«, sagte er. »Sie sind doch Schotte, stimmt's?«

Ich deutete auf meine Akte, die aufgeschlagen vor ihm lag. »Das können Sie ja selbst sehen, Mr. Brent«, sagte ich. »Vielleicht können Sie mir sagen, warum Sie mich von meiner derzeitigen Arbeit weggelotst und hierhergebracht haben, nachdem Sie mich vor drei Jahren gefeuert haben.«

»Es geht um etwas Patriotisches, Jock«, sagte er. »Wir möchten, daß Sie etwas für uns tun.«

Ich zuckte die Achseln. »Und Sie glauben auch nur einen Moment, das tue ich?« fragte ich sarkastisch. »So wie ich hier behandelt wurde?«

Er seufzte. »Hier ist seitdem eine Menge passiert«, sagte er ein wenig kraftlos. »Wir entschuldigen uns für alles. Unsere Ansichten haben sich geändert. Sie haben zugegeben, daß sie homosexuell sind –«

»– wie ein paar Millionen anderer Leute auch«, sagte ich verbittert, »sowohl im als auch außerhalb des Innenministeriums.«

»Ja, ich weiß«, sagte er. »Nun, hier ist es – und Sie müssen nicht annehmen. Aber wir wissen, daß Sie Schotte sind, daß Sie fließend und perfekt Spanisch sprechen. Wir wollen Sie für drei Wochen nach Edinburgh schicken, um wieder den schottischen Akzent anzunehmen. Dann möchten wir, daß Sie als Tourist nach Havanna reisen, sämtliche Spesen werden bezahlt – voll in McAndrews-Kilt mit Felltasche.

Ich war platt. »Wozu, um alles in der Welt?«

Mr. Brent lächelte. Er war gar kein so übel aussehender alter Zausel, wenn er das tat. »Als Köder«, sagte er. »Und so soll's laufen. Der Big Boss drüben in Kuba hat mindestens einen Homo in der Mannschaft, einen Burschen, den sie Pipon Fajardo nennen – *Pipon* bedeutet, glaube ich, Fettwanst – und der dem Boss eine schärfere Anti-USA-Politik ins Ohr flüstert denn je zuvor. Wir möchten, daß Sie sich mit Pipon einlassen, und dann wird einer unserer Undercoveragenten ihn im Akt des… äh… dabei fotografieren, wie er etwas mit Ihnen tut, was ihn diskreditieren wird.«

»Sie meinen«, sagte ich, »Sie wollen, daß er fotografiert wird, wenn er mir einen bläst?«

Ein schmerzlicher Ausdruck erschien in Mr. Brents Blick. »Nun ja, äh… ja… so sagt man, glaube ich.«

Ich lachte auf. »Demnach haben Sie also doch Verwendung für schwule Jungs«, sagte ich bitter.

»Zuweilen muß man Feuer mit Feuer bekämpfen«, murmelte Mr. Brent.

Also saß ich hier. Der Aufenthalt in Edinburgh hatte Spaß gemacht, und mich an den Kilt zu gewöhnen, war ein noch größerer Jux gewesen. Den Akzent, den ich vor langer Zeit von meinem Großvater gehört hatte, hatte ich bald wieder drauf. Ich war berechtigt, das kräftige Scharlachrot und Grün des McAndrews-Clan offen zu tragen. Die große, schwarzumrandete, weißbepelzte Felltasche baumelte zwischen meinen Beinen, und der Wind blies ungehindert unter meinen Kilt. Der ›Trainer‹ in Edinburgh hatte erklärt, ich könne auch kleine, schwarze Unterhosen tragen, wenn ich wollte, daß das Militär dies aber nie tun würde. Er erklärte sogar lachend, daß ein schottischer Soldat, der abends zum Ausgehen die Kaserne verläßt, über einem im Boden eingelassenen Spiegel stehen bleiben muß, damit eine Aufsicht kontrollieren kann, daß er nichts drunter hat. »Is' gut für die körperliche Gesundheit«, lachte der Trainer, »wenn se frei baumeln und is' 'ne mächtige Attraktion für all die braven Burschen und Mädels.«

Ich war im Bilde. »Aber da is' nix, um 'n runterzuhalten«, sagte ich. »Nich' gut dann, wenn man 'n Ständer kricht.«

»Nee, isses nich«, sagte der alte Mac. »Is' 'ne Übung in Selbstbeherrschung, 'n grade rauszustrecken und 'n Fellsack in 'n Himmel zu schieben.«

Toller Bursche. Ich mochte ihn. »Du krichst keine Geheimwaffen mit«, erklärte er. »Is'n Befehl.« Und dann stahl sich ein gerissenes Grinsen in sein Gesicht. »Aber wenn ich seh', was de da zwischen 'n Beinen hängen hast«, sagte er, »glaub' ich, daß de auch gar keine anderen brauchst.«

Und das war alles, was ich hatte – meine Kamera, Reiseführer, meine superkalibrige Geheimwaffe – nicht einmal eine Blausäurekapsel für den Fall, daß ich geschnappt wurde. Und Teil meiner Anweisungen war, so zu tun, als spräche ich kein Wort Spanisch, aber die Ohren offenzuhalten...

Ich spürte, daß etwas an meinem Arm rieb. Der hübsche, kleine schwarzhaarige Steward ging durch die Reihen. Ich drehte mich in meinem Sitz um, um ihn zu beobachten. Er ging in die Toilette auf Steuerbord, also stand ich auf und ging nach hinten Richtung Klo. Es stand niemand an; die nächste Stewardess beugte sich in der Mitte des Flugzeugs über einen Passagier und unterhielt sich.

Ich öffnete die Tür und trat ein, die Schottenmütze in verwegenem Winkel auf dem Kopf. Der Steward machte sich ganz dünn hinter der Tür. Er schloß sie und verriegelte sie hastig.

»Monsieur haben... nichts dagegen?« flüsterte er.

»Was, wogegen?« spielte ich den Dummen.

Seine heiße, feingliedrige Hand bewegte sich zur Felltasche und schob sie beiseite. Ich spürte seine Finger durch das Tuch hindurch auf meiner Geheimwaffe und wich nicht zurück. Er wäre ohnehin zwecklos gewesen – mit dem Hintern stieß ich bereits gegen die Wand. Ich schaute in den Spiegel über dem Waschbecken und seufzte. Die verdammten Kiltklamotten brachten meinen ganzen Narzißmus auf Hochtouren. Im Spiegel war ein hübscher Kerl, einsfünfundachtzig, mit kastanienbraunen Haaren mit einem Schimmer Kupfer hier und da, weißer Haut und einem verdammt ansehnlichen Gesicht, der zu mir zurückstarrte.

Der kleine französische Steward verschwand urplötzlich aus dem Blickfeld des Spiegels, und ich sah nur noch mich. Dann aber kam die Felltasche ins Spiegelbild gestiegen und fing an, sich langsam auf und nieder zu bewegen. Und irgendwo unter der leichten Berührung der Wolle spürte ich, wie der heiße Mund des kleinen Stewards das Gelände sondierte und seine Zunge sich in den Busch aus Haaren vergrub, und dann zuerst die eine Quitte und dann die andere schluckte – aber ach, so zärtlich –, um zum Schluß zur Hauptattraktion überzugehen. Unter der Fürsorge seiner heißen, talentierten Zunge und der Lippen spürte ich bald, daß ich zum Himmel aufstieg, selbst über unsere Höhe von fünfundreißigtausend Fuß hinaus; ich streckte den Arm aus, um mich an der Unterseite des Waschbeckens fest- und am Boden zu halten. Und dann spürte ich, wie mir die Hitze von Kometen durchs Rückgrat sauste, und plötzlich wurde die Sonne zur Nova und explodierte in gleißender Helligkeit hinter meinen geschlossenen Lidern.

Unter meinem Kilt tauchte errötet und mit zerzaustem Haar das Gesicht wieder auf. Ich schaute in seine funkelnden Augen hinunter und lächelte. Er lächelte zurück.

»M-monsieur«, sagte er ein wenig außer Atem, »Monsieur… sind wirklich ein Mann! M-monsieur werden wahrscheinlich der populärste *touriste* sein, der seit Jahren auf Kuba gelandet ist…«

Ich grinste ihn an und rubbelte ihm mit der Hand durchs Haar.

»*Merci infiniment*«, sagte ich zu ihm.

Er schaute auf die Uhr. »Wir 'aben nur hundertundzwanzig Meilen gebraucht, Luftzeit«, sagte er.

Ich lachte.

»Wo werden Monsieur in Havanna Quartier nehmen?«

»Im Hotel Parado.«

Er nickte. »Es gibt eine sehr… wie sagt man bei Ihnen?… *sympathique* Bar in diesem Hotel. Ich werde am Freitag wieder dort sein, 'eute ist Montag. Darf ich Monsieur am Freitagabend um neun dort erwarten?«

Ich fuhr ihn noch einmal durchs Haar. »Natürlich«, sagte ich, »wenn ich es einrichten kann. Und du heißt…?«

»Marcel«, sagte er. »Marcel Gagnon.«

Ich streckte ihm meine Hand hin. »Jock McAndrews«, sagte ich und schenkte ihm mein geilstes Lächeln.

Er öffnete die Tür einen Spalt breit und schaute nach draußen. »Alles klar«, sagt er und verschwand.

Ich schaute an mir hinunter. Meine verdammte Geheimwaffe war gar nicht so geheim; sie stieß die Felltasche viel zu weit nach vorne. Ich würde ein paar Minuten warten müssen. Also schlug ich die Arme übereinander, hockte mich mit dem Hintern aufs Waschbecken und gedachte der verhungernden Armenier.

Der Aufenthalt in Kuba würde zuguterletzt doch noch irgendwie Spaß machen, schien mir, sofern dieser Anfang Rückschlüsse auf den weiteren Gang der Dinge zuließ.

Aber einhundertzwanzig Meilen Luftzeit, also ehrlich! Das hätte schneller gehen müssen. Hundert hätten die Grenze sein sollen. Ich würde wieder in Form kommen müssen für all die hübschen, kaffeebraunen Latin Lovers… und den guten alten Pipon.

Sehr sanft setzte das Flugzeug auf dem Flughafen von Havanna auf. Er sah recht modern und florierend aus; wie jeder beliebige große Flughafen: eine Menge Glasscheiben vom Boden bis zur Decke. Es gab nur einen Unterschied; offensichtlich waren sie seit Jahren nicht mehr geputzt worden.

Wie eine Schafherde folgten wir der Stewardess zum Zollgebäude. Sie war eine attraktive Frau, oder hätte es zumindest sein können, aber da das Regime Lippenstift und Rouge untersagt hatte, wirkte sie trotz ihrem dunklen Teint ziemlich farblos. Unter solchen Umständen sehen die Männer besser aus: Sie haben immer ihren bronzenen Ton auf den Wangen, und ihre Lippen sind dunkel und einladend.

Mein Glück führte mich zu einem Zollbeamten, der klein,

dunkel, kaffeebraun und aufregend aussah. Er hatte große schwarze Augen, und so wie die hin und her schossen, war klar, daß er ein Clubmitglied war, trotz der Behauptung, die Onkel Fidel aufgestellt hatte, daß es auf Kuba keine Homosexualität gäbe. Ich sah, wie er beim Anblick meines Kilts kräftig schluckte, zweimal. Das Paket, das er trug, sah erfreulich gut gefüllt aus.

»Hat der Señor etwas zu verzollen?« fragte er mich auf Englisch, als ich an die Reihe kam.

»Nichts, außer mir selbst«, sagte ich und schenkte ihm mein breitestes Lächeln.

Er wirkte sehr nervös. »Keine Streichhölzer, Zigaretten oder Alkohol?« fragte er.

Ich schluckte. Ich hatte die paar Streichholzbriefchen ganz vergessen, die ich aus Edinburgh mitgebracht hatte. »Äh... nein«, sagte ich, »ich habe höchstens ein paar Streichhölzer dabei. Ich weiß nich'. Is' das verkehrt?«

Er schüttelte den Kopf so heftig, daß sich sogar seine Locken bewegten. Er trug eine sehr knapp sitzende Uniform, knapper – wie ich feststellte – als alle seine Zollkollegen.

Er schaute sehr ernst drein. »Würde der Señor bitte sein Gepäck öffnen?«

Ich gehorchte. Da, in der Ecke des großen, war eine ganze Handvoll von Streichholzbriefchen.

»Der Señor wird mitkommen müssen«, sagte er nüchtern. Das Lächeln war aus seinem Gesicht verschwunden, aber das Funkeln blieb.

Ich schloß meine beiden Taschen und folgte ihm von den andern weg zu einer Tür, auf der in Spanisch stand: ZOLL. PRIVAT.

Als wir drinnen waren, stellte ich die Taschen auf den Fußboden. »Tut mir sehr leid«, sagte ich. »Ich kenn' die Regeln nich'.«

Er machte ein vage Geste. »Wie müssen alles durchsuchen, was Sie mit sich führen«, sagte er. »Bitte ziehen Sie sich aus.« Sorgfältig verschloß er die Tür.

Der Raum war groß und kahl. An der Wand war ein deckenhoher Spiegel angebracht. Ich schaute kurz hinein, erkannte den dunklen Schimmer, den Zweiwegespiegel aufweisen, und fragte mich, wer wohl auf der anderen Seite sein mochte.

Ich zog mich aus, wobei ich mich verstohlen im Spiegel beäugte. Ich war nicht gerade abgestoßen. Runter mit dem Kilt – und ich glaubte, von dem hübschen Kubaner ein unterdrücktes Luftschnappen zu vernehmen. Ich nahm die Felltasche ab, das Schultertuch und das Hemd und stand splitterfasernackt da, nicht einmal die karierten Strümpfe oder die schwarzen Schuhe hatte ich mehr am Leib. Das einzige, was ich noch anhatte, war meine Schottenmütze.

Und dann bereitete mir der kleine Kubaner eine Überraschung. Mit einer flinken Bewegung öffnete er den Gürtel. Seine Finger fummelten einen Moment ungeschickt an den Hosenknöpfen, dann fiel seine Hose zu Boden. Er öffnete eine Tischschublade und brachte eine Tube Vaseline zu Tage, mit der er sich die saubere, kleine braune Stelle einschmierte. Dann beugte er sich, mit seinen ebenmäßig weißen Zähnen lächelnd, über ein bequem angebrachtes Geländer. Er drehte sich um und schaute mich über die Schulter hinweg verschmitzt an. »Wir müssen dem Señor aus Schottland die volle Gastfreundschaft unseres Landes gewähren.«

Ich schaute hinab auf die beiden Hälften der dunkelgoldenen Melonen, die da für mich ausgebreitet waren, und meine Geheimwaffe fing an, sich von selbst nachzuladen, so daß sie im Nu feuerbereit war. Ich bemerkte den kleinen dunklen Streifen schwarzer Haare, der durch die Mitte der Hälften verlief. Er war eine wirkliche Schönheit, und komme, was da wolle, machte ich mich auf die Reise zum Himmelstor.

Die Pforte zum Paradies war etwa halb durchschritten, als er leise stöhnte, und als ich die beiden Halbkugeln packte und sie weit auseinanderspreizte, spürte ich, wie ihm unter meinen Händen der Schweiß ausbrach.

»Is' ja 'n zünftiges Willkommen, das ihr mir das bietet«, sagte ich und stieß fester zu, »ja, und ob, aber is' das nich' 'n bißchen verrückt?«

Er murmelte etwas, das ich weder hören noch verstehen konnte. Aber dann hörte ich etwas anderes. Wie ein sanftes, schwirrendes Flattern irgendwo weit weg drang es an mein Ohr. Und dann wußte ich Bescheid. Es kam von der anderen Seite des Zweiwegespiegels. Ich wurde dabei fotografiert, wie ich mit dem kleinen Zollbeamten Dum-didel-dum spielte.

Na schön, dachte ich, dann sollen sie eine gute Show kriegen. Und ich verdoppelte meine Anstrengungen, machte wildere Bewegungen, beugte die Knie und beugte mich vornüber, dann zur Seite, packte ihn um die Mitte und keuchte. Dabei war nichts davon gespielt. Der Kleine wußte wie's geht und schien es ebenso zu genießen wie ich. Und dann ging zum zweiten Mal innerhalb von zwölf Stunden meine Geheimwaffe von selbst los.

Ich ließ mein Gewicht auf ihm lasten, wohl wissend, daß das Geländer ihn fast in der Mitte spaltete. Und so blieben wir einen Augenblick.

Danach zog ich mich wieder an, nachdem ich mich gesäubert hatte, und er zog die Hose hoch. Das sanfte Schwirren hatte aufgehört. *Ich hoffe, die haben einen guten Streifen gekriegt*, dachte ich. *Vielleicht schafft der Typ hier beim Zoll ja für einen Viel Weiter Oben an.* Vielleicht würde ich ja auch mit dem nächsten Flugzeug des Landes verwiesen werden. Aber das machte keinen Sinn. Die Vorrichtung war vorhanden; sie mußte einen Zweck haben, den ich bisher noch nicht verstand.

»Wo wird der Señor wohnen?« fragte er, nachdem er alle Knöpfe wieder geschlossen hatte. Er schaute ein wenig zerzaust aus, aber nicht mitgenommen. Ich nannte ihm das Hotel Parado.

Ich nahm meine Taschen wieder an mich, und wir gingen hinaus. Ich folgte den Wegweisern zum Taxistand und hatte das Glück, eines zu erwischen. Die meisten anderen Passagiere quetschten sich in einem Bus zusammen.

Ein dunkler Kubaner, etwa Mitte Dreißig, ging an mir vorbei. Ich verspürte einen jähen Schock des Erkennens. Unter dem Arm trug er eine spanische Übersetzung von Maughams *Der Besessene*. Dies war das Erkennungszeichen für die Kontaktaufnahme, das Brent mir genannt hatte. Er blieb an der Absperrung stehen und blickte sich um. Ich ging auf ihn zu.

Ich schaute mir das Buch an. »Gute Geschichte, das«, sagte ich nickend.

»Er kennt seine Pappenheimer«, ergänzte der Kubaner auf Englisch den Erkennungscode. Dann öffnete er das Buch und schien zu lesen, sprach aber leise aus dem Mundwinkel weiter.

»Der Zollbeamte geht für den alten Pipon anschaffen«, sagte er. »Sie werden wahrscheinlich von ihm hören, sobald der Film entwickelt ist.«

Die Bemerkung versetzte mir einen Schock. Woher er das wußte, ging mich nichts an. Fast wäre ich rot geworden.

Der Typ flüsterte weiter. »Sie können hingehn, wo Sie wollen«, sagte er. »Machen Sie Fotos. Sehen Sie aus wie ein Tourist. Versuchen Sie, sich so auffällig wie möglich zu benehmen. Und stellen Sie sich blöd an.« Ein kurzes Lächeln huschte über sein Gesicht, als habe er eine amüsante Stelle gelesen.

»Okay«, flüsterte ich.

Nachdem ich mich in dem etwas öden Zimmer im Hotel Parado eingerichtet hatte, folgte ich seinem Rat. Zu sagen, ich sei eine Sensation in Havanna gewesen, wäre die Untertreibung des Jahrhunderts. Johlend liefen mir kleine Kinder hinterher. Die Augenbrauen alter Männer zogen sich hoch, und ich hörte ihre Bemerkungen über den Kilt – immer dasselbe: »Hat er was drunter an?« war der allgemeine Tenor ihrer Reden. Junge Tunten machten mir schöne Augen, als ich an den nächsten beiden Tagen in der Sonnenhitze träger tropischer Nachmittage spazierenging. Kichernd und hinter vorgehaltenen Händen flüsternd schauten mir junge Mädchen nach.

Ohne große Mühe fand ich die Orte zum Cruisen in Havanna. Einer der besten war die Manzana de Gomez, ein Gebäude, das einen ganzen Block einnahm, das aber um einen Innenhof mit einer Plaza herumgebaut war. Besonders interessant waren die Kaufhäuser, die voller Boys waren, mit denen ich gerne eine Nummer geschoben hätte. Und die Calle San Obispo, die von der Manzana zur Calle Habana in der Altstadt führte, war von jungen Männern gesäumt, die zum Cruisen auf dem Bürgersteig herumlungerten. Es hatte den Anschein, als sei Onkel Fidels Erlaß nicht sehr nachdrücklich durchgesetzt worden.

Getreu dem touristischen Ideal tat ich alles, was von mir erwartet wurde. Ich besuchte die Capitolia, wo die »Gesetzesmacher« herumhingen und ihrer Arbeit nachgingen, und stellte fest, daß der große Diamant noch da war, in den Fußboden der Rotunde eingelassen und gut bewacht. Ich erkundigte mich danach, obwohl ich wußte, daß er der zentrale Punkt war, von dem aus alle Entfernungen in Kuba gemessen wurden, und fragte mich, wann er wohl den Weg in die fürsorglichen Arme der staatlichen Schatzkammern finden würde.

Es war am Abend des dritten Tages, als ein Page an meine Tür klopfte und mir einen Umschlag mit meinem Namen überreichte. Ich dankte ihm, gab ihm Trinkgeld (obwohl ich wußte, daß er es eigentlich nicht annehmen durfte) und schloß die Tür.

Der Umschlag enthielt eine schwere, weiße Karte, auf der in Schreibschrift gedruckt war: »Der Kriegsminister, Camillo Fajardo, bittet um die Anwesenheit von« – hier war mein Name eingetragen – »bei einem Empfang in seiner Wohnung Avenida del Monte 77, am Abend des« – und das war komisch – »Freitag um zwanzig Uhr« war ebenfalls handschriftlich eingetragen!

Ich saß auf der Bettkante, betrachtete das Ding und fragte mich, wieso das Datum und die Zeit mit der Hand geschrieben anstatt gedruckt worden waren. Konnte es sein, daß der alte Pipon einen ganzen Stoß davon besaß und sie nur benutzte, wenn er jemanden gefunden hatte, den er haben wollte?

Dann fiel mir schlagartig etwas anderes ein. Der arme Marcel, der kleine Air-France-Steward! Er würde enttäuscht sein. Aber, dachte ich mit einem Achselzucken, er konnte ja zum Malecón an Hafen runtergehen und einen der Jungs auf der Mauer abschleppen.

Vielleicht würde ich ihn ja auf dem Rückflug treffen. Aber eins nach dem andern.

Die Freitagabenddämmerung war angebrochen – eine warme, purpurne kubanische Dämmerung, träge-tropisch, mit einer flüchtigen Brise, die in den Blättern in den Bäumen raschelte. Ich ging den Prado, die Hauptabschleppstraße, entlang zu meinem Rendezvous mit dem alten Pipon in der Avenida del Monte. Der Prado war ein prachtvoller Boulevard mit Bänken zu beiden Seiten und einem kleinen Grünstreifen in der Mitte. Und die Bänke waren vollbesetzt von attraktiven, lachenden jungen Männern mit weißen, bis zum Bauchnabel offenen Hemden, deren braune Leiber im wechselnden Mondlicht schimmerten, um dann und wann von ein paar wenigen schwarzen und silbernen Wolken verschattet zu werden.

Er war schwer, bei diesem Angebot um mich her an Pipon zu denken. Die Trottoirs dampften von Sex, und die Luft war von heißem Verlangen geschwängert. Mein Kilt und das Kostüm ernteten eine Reihe bewundernder Pfiffe und obszöner Kommentare auf Spanisch, die ich alle verstand und die teilweise sehr witzig waren. Und dann bog ich in die Avenida del Monte ein und ließ alles hinter mir.

Aus einem dunklen Fleck unter einem Baum löste sich ein Schatten. Ich sah das altvertraute Buch meines Kontaktmannes.

»Jock«, sagte er. »Hüten Sie sich vor seinem alten Trick. Er wird ihnen nach dem Essen eine KO-Pille in den Brandy praktizieren. Gießen Sie ihn aus, wenn Sie können. Sie werden auf der Terrasse essen, und neben der Chaiselongue steht eine Topfpalme.«

»Das habt ihr ja alles sehr hübsch arrangiert«, sagte ich.

»Klar«, sagte der Kerl. Wenn er wirklich Kubaner war, war er gewiß in den Staaten aufgewachsen. »Ihre Taschen sind schon auf dem Weg zum Flughafen. Sobald Sie können, fahren Sie direkt dorthin. Vor dem Haus wartet ein Wagen auf Sie, und das Tor wird nicht verschlossen sein – wenn wir damit fertig sind. Es könnte zu Tätlichkeiten kommen. Er hat immer eine Kanone bei sich. Seien Sie vorsichtig…«

Das alles wurde flüsternd gesprochen, kaum lauter als die nächtliche Brise. Er sprach weiter. »Sie nehmen die Mitternachtsmaschine nach Paris. Ihr Ticket liegt am Air-France-Schalter bereit. Sie brauchen nur danach zu fragen.«

Er streckte die Hand aus. Ich schüttelte sie, und er hielt

sie ein wenig länger fest, als es ein Spion tun sollte. »Ich hoffe, wir sehen uns irgendwann einmal wieder«, flüsterte er, und ich sah seine weißen Zähne blitzen. »Irgendwie würd' ich selber gern mal sehen, was da unter dem Kilt ist.«

»Jederzeit, Mac«, sagte ich.

Er trat in den Schatten zurück, und ich ging weiter. Mein Herz klopfte heftig, und meine Achseln waren feucht. Ich holte ein paarmal tief Atem, um die Kontrolle über mich zu erringen, und es gelang mir. Aber das bedrohliche Gefühl blieb und überschwemmte mich mit Adrenalin und Erregung…

Nummer 77 war von einer hohen Mauer mit eisernen Spitzen umgeben und von einem Eisentor beschützt. Es gab jedoch keine Torwache. Ich drückte die Klinke, und es öffnete sich. Dann ging ich über eine gewundene Auffahrt durch die warme Luft, die nach Frangipani und Gardenien duftete. Die sanfte Nachtbrise wehte ungehindert unter meinem Kilt. Es fühlte sich so gut an, daß ich mir wünschte, ich könnte ihn immer tragen.

Es war allerdings vollkommen still – keine Autos, keine Menschen wie man es bei einem großen Empfang erwarten sollte. Es wurde mir klarer denn je, daß da sonst niemand sein würde. Die Zimmer nach vorne hinaus waren hell erleuchtet, und das alte Anwesen mit seinen weißen Säulen hätte geradewegs aus den Südstaaten zu Zeiten vor dem amerikanischen Bügerkrieg stammen können.

Ich zog an der altmodischen Klingelschnur und hörte es weit drinnen im Haus läuten. Ich wartete.

Schließlich öffnete sich die Tür. Vor mir stand ein hübscher, schwarzhaariger, weißgekleideter junger Mann.

»Ich habe das da«, sagte ich auf Englisch zu ihm und hielt ihm die weiße Karte mit der Einladung hin. Er lächelte ein wenig und würdigte sie keines Blickes.

»Señor Fajardo erwartet Sie«, sagte er. Komisch, wie

leicht man, egal in welcher Sprache, einen Schwulen an der Aussprache erkennt.

Er trat zur Seite, um mich vorbeizulassen.

Ein Kristallüster, ein Parkett, das wie Topas glänzte, und überall barocke Kinkerlitzchen. Alles war weiß und golden, wie das Vestibül eines französischen Châteaus aus dem achtzehnten Jahrhundert. Eine Treppe mit rotem Läufer wand sich zu einer Empore hinauf, die sich kreisförmig um den ganzen Raum zog.

»Wenn Señor mir bitte folgen möchten?« sagte der junge Lakai. Der Falte in seinem Arsch nach zu urteilen waren seine Arschbacken unter der schwarzen Hose fest und stramm. Unsere Schritte hallten von dem goldfarbenen Holzfußboden wider.

Er führte mich durch ein anderes Zimmer – diesmal mit schweren Teppichen und einem reichverzierten Flügel aus Rosenholz, Bücherregalen mit ledergebundenen Bänden und Tischen, auf denen Kerzenleuchter standen. Es glich einer Hollywoodszenerie für aristokratische Eleganz. *Verdammt*, dachte ich, *wenn so die Vertreter der Volksregierung von Kuba lebten, wäre es vielleicht nicht übel, überzulaufen.*

Der junge Mann blieb vor einer der großen Glastüren stehen und öffnete sie weit auf die Terrasse und in die milde kubanische Nacht hinaus. »Der Señor aus Schottland ist hier«, sagte er und trat für mich zur Seite.

Eine fette und groteske Gestalt erhob sich von einer Chaiselongue. »Willkommen«, sagte sie in schwerem Englisch, kam auf mich zu und streckte eine große, feiste Pranke aus. »Ich bin Camillo Fajardo.« Er grinste breit.

Pipon machte seinem Spitznamen alle Ehre – Fettwanst. Sein schwerer, pendelnder Bauch schwabbelte über den Gürtel seines Kampfanzugs, der Stadardkleidung des gesamten Regimes. Wie bei seinem Führer war sein Bart breit, buschig und schwarz. Sein Haupthaar wich zurück, und was davon übrig war, hing dick und ölig auf die Schultern wie die Haare eines Gammlers.

Ich schüttele ihm die Hand, die heiß und klebrig-feucht war, und bemühte mich, die drei Ringe an den Fingern zu übersehen. Er trug ein betäubendes, schweres, süßes Parfum, das in Wogen über mich hereinbrach. »Ich bin Jock McAndrews.« Daraufhin schaute ich mich um und tat, als sei ich verwirrt. »Ich dachte, hier sollte ein Empfang stattfinden… das heißt…«

Pipon zuckte heftig die Achseln. »Ist es etwa nicht so?« sagte er, wobei er mit schlechten Zähnen lächelte. »Ich, Camillo Fajardo, empfange den Besucher aus Schottland und entbiete ihm die Gastfreundschaft meines Hauses und Landes. Möchten Sie Platz nehmen?«

Ich zog den Kilt nach vorn, knüllte ihn über meinem Gemächt zusammen, wie ich es gelernt hatte, und setzte mich. Dann wandte er sich auf Spanisch an den jungen Mann. »Emilio, laß den Amontillado hier und sieh zu, daß alles fertig ist. Nach dem Essen bring den Brandy, und dann darfst du für den Rest des Abends gehen.«

Er wandte sich zu mir zurück. »Ich freue mich, daß Sie diesem Hause die Ehre erweisen«, sagte er und setzte zu einer kleinen Verbeugung an, deren Vollendung ihm von seiner Wampe unmöglich gemacht wurde.

Einen Moment lang empfand ich ein seltsames Bedauern. Ich war hier, um ihn hereinzulegen, gewiß – zum ›Besten meines Landes‹, was immer das sein mochte. Aber da war noch etwas. Er war meinesgleichen… und überwindet das Band der Homosexualität nicht alle Unterschiede, die der Klasse, des Reichtums, des Status – und vielleicht sogar des Patriotismus? Aber dann gewann mein gesunder Menschenverstand wieder die Oberhand, und das Machbare behauptete sich. Ich hatte mich verpflichtet. Und von allen Etiketten, die ein Mann tragen kann, fand ich ›Verräter‹ noch widerlicher als ›Tunte‹. Das momentane Mitleid verflüchtigte sich in der Nacht, und die Wirklichkeit kehrte zurück. Nebenbei… was würden wohl die amerikanischen Truppen mit mir machen, wenn sie einst in ferner Zukunft über die Straßen von Havanna marschieren sollten? Der Grat, auf dem ich wanderte, war auch so schon schmal genug.

Der Boy kehrte mit langen, dünnen Sherrygläsern auf einem Tablett zurück, und ich nahm mir eines. Es war allerbester Sherry, süß und nussig. Der Terrassenboden schimmerte schwarz, und das weiße Marmorgeländer glänzte in der warmen Dunkelheit. Dahinter erahnte ich einen französischen Garten, der im Dunkeln vor Blumen strotzte. Es war eine Nacht für Hedonisten wie mich.

Pipon redete – zuweilen langsam und nach Worten suchend. Der Mann war wirklich intelligent, und er wußte, was in der Welt außerhalb der kleinen Festung Kuba vor sich ging. Er sprach über Paris, das Ballett, das Theater – und schließlich über Filme.

»Sind Sie je im Film aufgetreten, Señor?« fragte er anzüglich. Seine Frage erinnerte mich schlagartig wieder an meinen Auftrag.

»Nee«, sagte ich »bin ich nich' gut un' schön genug zu. Se machen wohl Witze.«

Und dann sah ich hinter einem filigran verzierten Wandschirm gleich neben uns etwas, das nur der Umriß einer kleinen Leinwand auf einem Stativ sein konnte, und einen dunkleren Schatten, wahrscheinlich den Projektor. Ich fing ein wenig an zu schwitzen. Meine Vorstellung beim Zoll…? Ich mußte mir die verdammte Rolle schnappen, bevor ich hier rausging…

Das Souper war so elegant wie die Umgebung – kalter Fasan, gekühlter Sauterne aus Frankreich, ein Pudding aus Kichererbsen und winzigen grünen Bohnen in einem kräftigen, guten alten amerikanischen Gelee. Und noch mehr Wein. Er handhabte das Besteck geübt und redete die ganze Zeit über. Und dann, als wir zu Ende gegessen hatten, läutete er ein Silberglöckchen. Emilio erschien mit zwei riesigen Brandyschwenkern, groß wie Tartarenköpfe, und einer Flasche Napoleon.

»Danke, Emilio«, sagte Pipon wieder auf Spanisch. »Du kannst jetzt gehen, sei aber vor Morgengrauen wieder zurück. Schließ das Tor ab, wenn du gehst.«

Emilio lächelte, verbeugte sich und ging zurück ins Haus.

In diesem Augenblick kam mir der Gedanke, daß ich dem alten Pipon ebensogut eine Chance geben könnte, meinen Drink wie ein Gentleman zu präparieren. Ich stand halb auf. »Äh…«, sagte ich, »der viele Wein… würden Sie mich einen Augenblick entschuldigen?«

»Aber gewiß«, sagte Pipon und rief nach Emilio. »Zeig dem Señor aus Schottland den Weg.«

Emilio lächelte an der Tür und wartete auf mich. Er führte mich durch den Raum mit den Teppichen und dann die gewundene Treppe hinauf. Ich betrachtete die Bewegungen der Muskeln in seinen Beinen und Arschbacken, während er vor mir ging. Er war ein richtig süßer Latin Lover.

Das Bad war in schwarzem und weißem Marmor gehalten, mit eingelassener Badewanne und goldenen Armaturen. Emilio ging mir voraus in den Raum und schloß hinter uns die Tür. Sofort fiel er auf die Knie und umschlang mit einem Arm meine Oberschenkel, während er mit der freien Hand meinen Kilt lupfte.

»Moment mal, Kleiner«, sagte ich, wobei ich vor Überraschung in meinen amerikanischen Slang verfiel. »Das wäre zuerst noch was…«

Emilio schüttelte heftig den Kopf. »Nein… hier…«, sagte er und sperrte den Mund auf.

Nun ja, über Geschmack läßt sich nicht streiten, sagte die

Oma und küßte die Kuh. Ich verhalf Emilio zu seinem Glück.

Dann aber hielt er mich weiter fest und fing an, Ernst zu machen. »Später, mein Guter«, sagte ich. »Später. Is' nich' gescheit, so lange wegzubleiben.«

Genausogut hätte man versuchen können, eine Krake oder einen Blutegel loszuwerden, aber ich hatte Erfolg. Darauf richtete ich meinen Kilt ein wenig und öffnete die Tür. Zuletzt sah ich ihn, wie er noch immer untröstlich am Marmorboden kniete – wie der Franzose sagen würde: »Die Ladentür offen und das ganze Gemüse ausgebreitet«. Die Auslagen sahen ganz außerordentlich lecker aus, und ich bedauerte, nicht bleiben und davon naschen zu können.

Ich kam vom Wein und der Begegnung mit Emilio aufgewärmt, aber noch immer vollkommen beherrscht, vom Bad zurück. Pipon saß auf einem Stuhl und rekelte sich in den Kissen, die beiden runden Schwenker mit Brandy neben sich. Ich schätzte, daß sich in einem der beiden die Pille bereits sicher aufgelöst hatte.

Er dirigierte mich zu der Chaiselongue, ich nahm Platz und ließ mich in die Polster sinken. Die Position brachte mich der schützenden Palme, die hinter der Chaiselongue in einem Topf wuchs, so nahe wie möglich.

Lächelnd wuchtete Pipon seine riesigen Massen aus dem Metallstuhl und brachte mir eines der riesigen Gläser. Ich umfaßte es am Boden mit der Hand, den Stiehl zwischen den Fingern; es paßte in meine Handfläche wie die riesige kalte Brust einer weiblichen Leiche.

»Se sind ein perfekter Gastgeber«, sagte ich, schwenkte den Brandy und lächelte zu ihm auf.

»Auf unsere Freundschaft«, sagte er und erhob sein Glas.

Ich saß in der Falle. Ich lächelte ein wenig schief und führte das Glas an die Lippen. Dann gab ich mit geschlossenen Lidern vor zu trinken und machte mit der Kehle

Schluckbewegungen. Ich nahm das Glas vom Mund und lächelte wieder.

»Schmeckt gar nich' übel«, sagte ich und schwenkte das Glas weiter, so daß er nicht sehen konnte, ob ich etwas getrunken hatte. Ich steckte die Nase ins Glas und atmete tief ein. Das scharfe Aroma des Brandys stieg mir in die Nase. Dann schlug ich die Beine auseinander und ließ meinen Körper ein wenig tiefer rutschen, so daß sich mein Kilt nach oben schob. Die Topfpalme war einen halben Meter entfernt. Ich mußte ihn ablenken.

Von dem Winkel, in dem er zu mir saß, war ich sicher, daß die Bewegung meines Kilts erfolgreich gewesen war und daß er einen Blick auf das erhascht hatte, was lang und schwer darunter lag. Plötzlich zitterte seine Hand. Er stellte sein Glas auf dem Tisch ab und griff in seine Hosentasche, aus der er ein Taschentuch zog. Ich mußte ihn jedoch wirklich erschüttert haben, denn er fummelte damit herum und ließ es zu Boden fallen.

Er bückte sich danach, während ich den Arm ausstreckte, um den Brandy in den Palmentopf zu gießen. Dann brachte ich das Glas rasch wieder an meine Lippen und gab vor, es auszutrinken, sobald er das Taschentuch wieder über die große Wölbung seines Schmerbauchs gebreitet hatte.

»Och«, sagte ich und schnalzte mit den Lippen. »Is' wirklich köstlich.«

Pipon wischte sich das schwitzende Gesicht mit dem Taschentuch.

Ich stellte das Glas behutsam auf den Fußboden, legte mich, die Hände hinter dem Kopf, auf der Chaiselongue zurück und spreizte die Beine so weit, wie mein Sitz es zuließ. Diesmal wußte ich sehr wohl, daß ich entblößt dasaß. Ich konnte die warme Luft im Schritt spüren. Mein Kilt war mehr als die halbe Strecke an meinen Schenkeln nach oben gerutscht. Ich gähnte mächtig.

»So-o-o warm«, sagte ich schläfrig und gähnte erneut. »So… viel gutes Essen… und Wein.« Ich schloß die Augen.

Tu's jetzt oder gar nicht, dachte ich. Ich hörte, wie er sein Glas aufnahm, geräuschvoll trank und es dann wieder absetzte. Der Stuhl quietschte ein wenig, als er sein großes Gewicht daraus erhob. Dann ließ ich den Kopf zur Seite fallen, und mein Körper entspannte sich völlig. Außerdem ließ ich einen Arm heruntersinken, so daß meine Knöchel den kühlen Boden berührten. Ich spürte, daß er vor der Chaiselongue kniete. Der rauhe Stoff seiner Uniform rieb an meinen Fingerspitzen, und ich fühlte, wie seine zitternden Finger den Kilt immer weiter anhoben. Er schob Kilt und Felltasche zurück und legte sie sachte auf meiner Brust ab, so daß ich dort, worauf es am meisten ankam, völlig nackt war.

Und dann – dann! Allmächtiger! Ich hatte seinen Bart ganz vergessen! Er war gute zwanzig Zentimeter lang und buschig, und als er mich zum erstenmal zwischen den Beinen berührte, mußte ich jedes Quentchen meiner Selbstbeherrschung und Spannkraft, über das ich verfügte, aufbieten, um nicht geradewegs mit brüllendem Gelächter an die Decke zu springen. Es kitzelte – mein Gott, wie das kitzelte! Ich hätte lachen, kichern, schreien mögen. An Hals, Schultern und Beinen spürte ich die Gänsehaut, als er sich mit seinem Teufelsgerät über mich hermachte. Es war wie eine Kombination aus Federn und metallenen Scheuerschwämmen, und dann erschien inmitten des Drahtgeflechts urplötzlich eine heiße, feuchte Klammer, die sich über mich stülpte und mich nach unten zog, nach unten und nach innen, sehr talentiert.

Allmählich ließ das Bedürfnis, zu lachen und zu zucken, nach. Jetzt dominierten die Drähte, und ich spürte, wie die zarte Haut zwischen meinen Beinen wund und heiß gescheuert wurde. *Gottverdammich*, dachte ich, *was tut man nicht alles für sein Vaterland.* Dann kam aber auch ein anderes Gefühl. Ich fing an, erregt zu werden – schließlich kann ein Mann so etwas nur bis zu einem bestimmten Punkt ertragen, und der Selbstbeherrschung sind Grenzen gesetzt.

Ich wußte jedoch nicht, ob die Droge, die er mir verabreicht hatte, mir gestattet hätte, steinhart zu werden. Ich nahm an, daß sie den natürlichen Lauf der Dinge nicht behindert hätte – woran hätte er sonst seinen Spaß haben sollen? Ich fragte mich, ob ich mir nicht ein kleines Stöhnen erlauben durfte…

Und dann, sah ich selbst unter geschlossenen Lidern die weiße Hölle losbrechen – vage in der Richtung des Geländers mit den weißen Säulen. Innerhalb von drei Sekunden mußten die Fotografen zwölf oder vierzehn Blitzbirnen gezündet haben. Offensichtlich waren sie im Garten versteckt gewesen. Als ich die Augen öffnete, wandte ich geblendet schnell den Blick ab; aber in meinen Augen blieb ein roter Lichtkreis zurück, der langsam grün wurde und überall erschien, wo ich hinzuschauen versuchte.

Ich hörte Pipon vor Wut brüllen und sah ihn in seinem Gürtel nach seiner Kanone fummeln. Offensichtlich war auch er geblendet worden.

Das war's. Ich schaute zu ihm hin und sah, wo sein Kopf hätte sein sollen, den grünen Kreis. Das machte es ein wenig einfacher, ihm nicht in die Augen blicken zu müssen. Mit aller Kraft landete ich von der Seite einen Karateschlag, direkt durch den Bart auf seinen Adamsapfel.

Er fiel vornüber wie ein Ochse und griff sich keuchend an seine zerschmetterte Luftröhre. Noch immer erregt sprang ich auf die Füße, die Felltasche geradeaus vor mir herstreckend. Inzwischen konnte ich ein wenig besser sehen.

Die Fotografen waren verschwunden. Alles war still, bis

auf die Geräusche, die der alte Pipon von sich gab, während er sich auf dem Boden wand. Ein wenig Erbrochenes erschien zwischen seinen Lippen.

Ich machte einen Satz zu dem verzierten Wandschirm und riß an dem Projektor, zog den Film von der Spule und fummelte herum, um das bereits abgelaufene Stück ebenfalls zu erwischen. Dann stürmte ich wie ein Verrückter mit wehendem Kilt und pochendem Herzen durch die Eingangstür, im Ohr die gesamten Legionen Kubas, die mir auf den Fersen folgten.

Aber das Tor war offen – aufgebrochen, tatsächlich –, und der Wagen wartete. Und auf dem Flughafen gab es keinen Ärger.

Und noch eine Kleinigkeit, die mich tröstete. Marcel war der Steward für den Rückflug. Und er erledigte, was Emilio und Pipon angefangen hatten –, und dann erledigte er es noch einmal. Und noch einmal.

Das war's – bis auf ein paar Einzelheiten.

Eine Woche später lag ich morgens nackt auf einem Bett im Hôtel Crillon in Paris an der sonnenbeschienenen Place de la Concorde. Meine Suite war eine der teuersten im teuersten Hotel von ganz Paris, aber es kostete mich keinen Sou. Ich war gerade mit der Lektüre des *Figaro* über die große Kabinettsumbildung in Kuba und darüber, daß Camillo Fajardo infolge eines Halsleidens einen Nervenzusammenbruch erlitten hatte und zur Genesung in eine Klinik eingeliefert worden war, fertig.

Ein Telegramm war an diesem Morgen ebenfalls eingetroffen. Es lag zerknüllt am Boden und starrte zu mir auf. In gewisser Weise war es der befriedigendste Teil des ganzen Abenteuers. Es lautete einfach: WOLLEN SIE WEITER FÜR UNS ARBEITEN ZAHLEN DOPPELTES GEHALT WIE FRÜHER FRAGE BRENT

Ich hatte bereits mit einem einzigen Wort geantwortet:
NEIN.

Und dann erhob ich mich träge vom Bett und ging zum
Fenster, an den nackten Füßen das Gefühl der seidigen
Oberfläche des Teppichs. Ich streckte die Hand aus, um gegen die Morgensonne die Fensterläden zu schließen, und
zog die Vorhänge vor, um ein violettes Leuchten um mich
her zu schaffen. Dann holte ich die gemietete Leinwand und
den Projektor hervor, schaltete letzteren ein und legte mich
zum etwa zehnten Mal in dieser Woche im Bett zurück, um
mir einen echt guten Hundertmeterstreifen anzusehen, in
dem die Hauptrolle von einem gutaussehenden Schotten gespielt wurde, den ich früher einmal recht gut gekannt hatte.

WOCHENENDE IN SAN DIEGO

Michael Lassell

Ich arbeite in der Computerbranche. Das heißt, ich fahre durch die Gegend und berate Unternehmen, die Datenverarbeitungssyteme installieren wollen. Für gewöhnlich kriege ich Großaufträge, obwohl ich auch schon ein paar relativ kleine Aufträge übernommen habe. Es ist gar nicht so langweilig, wie es klingt, obwohl Anzug und Krawatte ein Muß sind. Natürlich ist es nicht wirklich das, was ich aus meinem Leben machen wollte. Mein eigentlicher Traum seit meiner Kindheit war, ein großer Baseballspieler zu werden, was auch hätte klappen können, wenn ich mir nicht beim Spiel gegen Penn State eine Knieverletzung zugezogen hätte. Ich war ein ganz anständiger Werfer gewesen, aber meiner Sportkarriere mußte Lebewohl sagen.

Na ja, Computer sind okay. Ich komme zurande, und das nicht schlecht. Ich reise viel – Atlanta, Dallas, Phoenix. Das heißt, daß ich eine Menge Zeit in Hotelzimmern und möblierten Appartements verbringe, aber ich bin nicht oft alleine, und wenn mir nach Gesellschaft zumute ist, finde ich gewöhnlich auch welche.

Man sagt, daß ich, auf markante Art, gut aussehe. Nach dem Sportunfall versuchte ich sogar, ein bißchen als Model zu arbeiten, aber das konnte ich nicht ernstnehmen. Und ich halte meinen Körper in Schuß. Selbst in Kleinstädten ziehe ich anmachende Blicke auf mich, die mir zu erkennen geben, daß da ein Typ Interesse hat. Es ist erstaunlich, wieviel

Schwule es da draußen gibt, an Orten, an denen man nie welche vermuten würde.

Ich hatte ein paar Monate lang in Los Angeles gearbeitet. Mir gefiel es dort. Man fand alles, was man brauchte. Aber da ich hibbelig werde, wenn ich zu lange an einem Ort bleibe, packte ich noch ein paar Tage auf ein freies Wochenende drauf und nahm mir ein Zimmer in einer Pension in San Diego, gleich beim Balboa Park. Ich hatte nichts vor, sexuell oder sonstwie, aber, hey, ich bin immer offen für alles, was auf mich zukommt.

Das Wetter in San Diego soll nahezu das ganze Jahr über schön sein: um die fünfundzwanzig Grad, trocken und windig. Was gibt es Besseres? Den ersten Tag verbrachte ich in dem weltberühmten Zoo, und abends spazierte ich einfach durch das restaurierte viktorianische Gaslampenviertel in der Innenstadt, um mich besser orientieren zu lernen. Es gab eine Menge Seeleute in der Stadt, und es gelang mir, einen Pornoladen zu finden, in dem eine Menge Anmache lief, aber ich fand nicht heraus, wo die Action abging.

Am nächsten Morgen gedachte ich, mal nachzusehen, was der Balboa Park so zu bieten hatte. Ich zog eine Shorts über einen alten Sackhalter mit einem großen Loch im Beutel. Ich schlüpfte in Frotteesocken und Sportschuhe, dann warf ich mir für alle Fälle ein Sweatshirt über die Schulter. Da der anbetungswürdige Blonde an der Rezeption großzügigerweise angeboten hatte, mir sein Fahrrad auszuleihen, machte ich von seiner Freundlichkeit Gebrauch und radelte zum Park hinüber. Ich fragte mich, ob er wohl eine Einladung zum Essen annehmen würde, wenn er frei hatte.

Ich hatte keine Ahnung, wohin ich fuhr, daher folgte ich ein paar dunkelblonden Typen in T-Shirts mit dem Emblem der Uni von San Diego. Ich fühlte mich prächtig. Ich war nicht sehr oft zum Trainieren gekommen, und meine Waden- und Oberschenkelmuskeln sandten mir Dankeschönblitze ins Gehirn. Mein Herz pochte, und meine Lungen füllten sich mit der lieblichen frischen Luft, die vom Meer herüberkam. Ich fuhr an allen möglichen Gebäuden, Museen, Theatern und Freilichtbühnen, einer Konzertmuschel, einem Gewächshaus und einem Goldfischteich vorbei. Und überall waren attraktive Kerle. Das war schon ein lebendiger Park.

Die beiden Typen, denen ich hinterherfuhr, erinnerten mich an die Zeit, als ich selbst das College besuchte, und an etwas, das damals passiert war. Einer meiner Kumpel aus der Baseballmannschaft war eines Abends zu einem Schwätzchen herübergekommen, und ehe man sich versah, hatten wir nur noch unsere Jockstraps an und lagen auf dem Teppich. Es dauerte nicht lange, bis die Sackhalter runter waren, unsere Dödel ausfuhren und wir einen Neunundsechziger auf dem Fußboden abzogen und Schwänze lutschten, bis wir beide 'ne dicke Ladung abschossen. Wir wurden nie Lover oder sowas, aber zwei oder drei Jahre lang trieben wir es gelegentlich miteinander, wenn wir mit der Mannschaft unterwegs waren. Manchmal trugen wir sogar bei den Spielen den Sackhalter des anderen, gerade als ob wir vor den anderen, von denen ein paar ziemlich geil aussahen, ein Geheimnis hätten. Die meisten der anderen Typen waren allerdings echt zugeknöpft, was schwulen Sex betraf. Kein anderer Fickkumpel in der Meute auszumachen.

Ich mußte etwa fünf Meilen geradelt sein, als ich das Baseballfeld sah. Da mir mein Knie keinerlei Probleme bereitete, hätte ich verteufelt gerne mehr getan, aber ich beschloß, die Ruhe zu behalten und mir ein paar Schläge anzusehen.

Es entpuppte sich als ziemlich armseliges Spiel. Die Typen sahen nicht einmal so aus, als würde es ihnen Spaß machen. Der in der Mitte war ein großer, gutgebauter Schwarzer, der ständig in meine Richtung blickte. Einmal tippte er sich sogar an die Mütze, und ich winkte ihm kurz zu. Ich genoß die warme Sonne auf meiner Brust, ließ den Wind den Schweiß, der sich darauf gesammelt hatte, trocknen und nahm die flüssigen Bewegungen des geilen Kerls in der Mitte in mich auf.

Nach wenigen Minuten kam zwischen mir und der ersten Grundlinie schleudernd ein Fahrrad zum Stehen. Der Fahrer war dunkelhäutig – ein Chicano, nahm ich an. Er hatte einen dicken Schnäuzer, dichtes schwarzes Haar und ein weißes Stirnband. Eine Rasur hätte ihm nicht geschadet. Er trug weiße Nylonshorts mit Schlitzen an den Seiten, die deutlich hellere Oberschenkel sehen ließen. Sein Oberkörper war nackt, und sein Shirt hing über der Lenkstange seines Zehn-Gang-Rades.

Er hatte wunderschön ausgebildete Titten mit Brustwarzen in der Farbe von Pflaumen. Seine Schultern waren gewaltig, seine Arme strotzten vor Muskeln; die Beine waren stämmig und dick wie bei einem Fußballspieler. Seine Brust war fast unbehaart, aber in der Mitte hatte sie einen dunklen Fleck und einen kohlrabenschwarzen Pelz, der sich schlangenartig über seinen Waschbrettbauch ringelte, seinen Nabel streifte und dann im Bund der Shorts verschwand. Seine Beine waren mit dicken Locken bedeckt, die an der Haut klebten. Er war von Kopf bis Fuß klatschnaß.

Da seine Haut so dunkel war, konnte man unter dem dünnen, feuchten Nylonstoff die Umrisse seines Sackhalters sehen. Mein Schwanz hob sich merklich. Zuerst schien er mich nicht zu bemerken. Und er nahm mir die Sicht aufs Spielfeld, aber ich beschwerte mich nicht. Den Fahrradrahmen hatte er zwischen die Arschbacken geklemmt. Die Nylonshorts schnitt in seine Spalte und ließ ein Stück seines festen Hinterns sehen. Sein Sackhalter spannte sich über den tiefen Einschnitt, wo sein Hintern in die Rückseite seines Oberschenkels überging. Er griff nach der Wasserflasche, die er an dem Fahrrad befestigt hatte, und blickte dann, als er den Zylinder zu seinen vollen Lippen hob, in meine Richtung.

»Hi«, grüßte ich so neutral ich konnte.

»*Hola*«, sagte er, und augenblicklich wünschte ich mir, ich hätte bei Señora Rios, meiner Spanischlehrerin auf der Highschool, besser aufgepaßt.

Ich gab mir dem Radfahrer gegenüber alle Mühe: »*Cómo está usted?*«

Er lächelte höflich angesichts meines Akzents und antwortete mit einem munteren »*Bien*«. So weit, so gut, aber mein Spanisch Teil 1 war so gut wie am Ende.

Er hielt die leere Plastikflasche hoch. »*Tengo sed*«, sagte er, und aus einer lange verschütteten Vokabelliste tauchte die Bedeutung auf.

»Sie haben Durst?« fragte ich.

»*Sí*« antwortete er. »Durst. *No tengo más agua.*« Er drehte die leere Flasche um und schüttelte sie.

»Sie und ganz Kalifornien dazu«, scherzte ich, in Anspielung auf die Dürreperiode, die gerade herrschte. Er lächelte, wobei er eine Reihe vollkommener, blendend weißer Zähne zeigte.

Mit Hilfe meines holprigen Spanisch und seines rudimentären Englisch bekam ich heraus, daß er den ganzen Weg von Mexiko hierhergefahren war. »Nicht weit mit *bicicleta*«, sagte er bescheiden. Er wirkte kräftig genug, um mit noch einem auf den Schultern die Strecke hin und wieder zurückzufahren. Seine schwarzen Augen waren riesig, und er starrte mir damit direkt in meine. Mein Schwanz reckte sich, und ich spreizte die Beine ein wenig. Sein Blick fiel auf die Beule zwischen meinen Beinen, dann sprang er wieder nach oben.

»Ich wohne in einer Pension hier in der Nähe. Sie können ein Glas Wasser von mir bekommen.« Er sah verwirrt aus.

»*Un vaso agua*«, sagte ich, unsicher ob das auch nur ungefähr die richtigen Worte waren, »*en mi hotel.*«

»*Sí*«, sagte er, »*gracias.*« Und ab ging's auf unseren Rädern.

Als wir im Zimmer waren, öffnete ich die Minibar und entnahm ihr für jeden von uns eine Flasche kaltes Mineralwasser. Er setzte sich in den überladenen Sessel neben dem übergroßen Schreibtisch, wobei seine kräftigen Beine das dünne Nylon über der Beule in seinem Paket straff spannten. Er wirkte ein wenig unpassend, eine extrem zeitgenössische Erscheinung inmitten des pseudoviktorianischen Dekors. Ich streckte mich auf dem Himmelbett aus. Ich hatte die Hand unter den Bund meiner Shorts geschoben und kraulte durch das Loch in meinem Sackhalter hindurch in meinen Schamhaaren. »Sie sehen aus, als könnten Sie eine Dusche gebrauchen«, sagte ich so beiläufig wie möglich und deutete zum Badezimmer.

»*Sí*«, sagte er, »ja, mag sehr.« Ohne zu zögern, zog er Schuhe und Socken aus. Dann stand er auf, schaute mir direkt in die Augen und ließ langsam die Shorts fallen. Da stand er nun in seinem Sackhalter, blendend weiß auf dunkler Haut, und an den Seiten des prallen Beutels kräuselten sich Büschel seiner Schambehaarung. Er rollte mit dem Kopf wie bei Dehnungsübungen und stieß leicht die Hüften nach vorn. Der ungeformte Hügel seines Pakets zeichnete sich plötzlich als ein gut proportionierter Schwanz und ein wundervolles Paar Eier ab. Dann erhob er eine Hand und fing an, sachte an den Haaren um seinen Nabel zu zupfen. Mein Arschloch zuckte unwillkürlich.

Ich stand auf und ging zu ihm hin. Ich konnte die Hitze spüren, die von seinem herrlichen Körper ausging. Er schimmerte noch immer von Schweiß. Und ein Rinnsal lief über seinen Hals, machte eine Kurve um die steinharte Brust und verschwand in seiner Brustbehaarung. Ich legte

ihm den Mittelfinger aufs Brustbein und zog die Schweiß-
spur nach, bewegte ihn aufwärts, darauf bedacht, über einen
seiner vollkommen steifen Brustwarzen zu fahren, während
ich weiter nach Norden vorstieß. Als ich die Vertiefung hinter seinem Schlüsselbein erreichte, ergriff er meine Hand
und führte das erste Fingerglied zwischen seine Zähne.
Dann schloß er die Lippen und saugte meinen Finger so
weit wie möglich in seinen Mund hinein. Mein Schwanz
wurde knochenhart.

Ich nahm seinen Kopf zwischen die Hände und küßte ihn.
Seine Lippen waren weich, die Zunge hart. Seine Hände
gingen in Richtung Unterleib, schlüpften unter meine
Shorts, umfaßten meinen zuckenden Schwanz und die Eier
und drückten so fest zu, daß ich dachte, ich müsse den
Schmerz spüren. Aber nichts dergleichen. Ich fuhr mit den
Fingern an seinem muskulösen Rücken hinab bis zum
Arsch. Gott, war der gut gebaut. Als seien seine Hinter-
backen für meine Handflächen geschaffen. Sie waren kühl.
Ich grub meine Finger in das Fleisch, ohne die Zunge aus
seinem Mund zu nehmen.

Am Arsch war er ebenfalls behaart, aber nicht so dicht
wie an den Beinen. Er atmete heftig und zog mir die Shorts
über die Oberschenkel. Er bückte sich und zerrte sie mir auf
die Knöchel. Ich stieg heraus. Er löste die Senkel beider
Schuhe und zog sie mir aus, die Socken ebenfalls. Ich war
nackt bis auf den Sackhalter, und dieser Kerl lag vor mir auf
den Knien. Er fing an, mit den Zähnen an meinem Sackhalter zu zupfen, zuerst zog er sachte daran, dann küßte er
meine vom Stoff bedeckten Eier. Er fing an, mir durch das
ausgefranste Loch in meinem Sackhalter hindurch den
Schwanz zu lutschen. Als die Eichel hindurchbrach, leckte
er sie, wobei er die Zungenspitze ins Pißloch versenkte.

Als er mir endlich den verdammten Sackhalter herunter-
riß, kam ich mir vor, wie aus der Sklaverei befreit. Mein

Schwanz stand starr nach oben, und meine Eier waren dabei, sich fest zusammenzuziehen. Dann nahm er den ganzen Schaft in den Mund und fing an, daran auf und ab zu gleiten und mich immer tiefer in seine Kehle zu treiben. Wenn ich auf ihn hinunterschaute, sah ich durch sein dichtes, drahtiges Haar hindurch auf einen Rücken, auf dem die Muskeln tanzten. Ich sah auch seinen blanken Arsch, unter dem Bund seines Sackhalters die dunkle Spalte, in der die Haare sich so dicht drängten wie Laub in einem Gully.

Ich zog ihn auf die Füße und streifte ihm den Sackhalter ab. Sein harter Schwanz war fett und dunkel und umstanden von einem Busch glitzernder schwarzer Haare.

Er roch wie eine Umkleidekabine. Er war nicht beschnitten, aber seine heiße, purpurrote Eichel zuckte schon so stark, daß es aussah, als fehle die Vorhaut, und aus seiner Pißröhre tröpfelten klebrige Lusttropfen. Er hatte gewaltige Eier, die ebenfalls in einem Knoten aus Haaren saßen. Ich griff ihm zwischen die Beine und streifte mit dem Mittelfinger über die Naht zwischen seinen Eiern, wobei ich anhielt, um gegen sein verborgenes Arschloch zu drücken.

Immer wieder fuhr ich mit der Fingerspitze über seinen faltigen Ring. Dann kniete ich nieder vor dem vollkommensten Arsch, den ich je gesehen hatte. Er spreizte die Beine und streckte den Hintern raus. Ich griff ihm zwischen die Beine und schloß die Faust um seinen saftigen Schwanz. Er stöhnte. Ich fing an, meine Hand an seiner Fickstange auf und ab zu bewegen. Dann küßte ich ihn auf seine muskulösen Arschbacken. Ich leckte sie ab und ließ ihn kleine Bisse spüren, die von Mal zu Mal fester wurden, und versetzte ihm gelegentlich einen kleinen, scharfen Hieb.

Er beugte sich weiter nach vorn und stützte sich am Sessel ab. Ich spreizte seine Arschbacken und zog sein Loch mit den Daumen auseinander. Es war eine enge kleine Rosette, umgeben von einem perfekten Kranz aus Haaren. Ich steckte mir einen Finger in den Mund und betastete mit der feuchten Spitze die Mitte des Lochs. Seine enge Knospe öffnete sich, als hätte ich das Zauberwort gesprochen, und zuckte wild, während ich ihn mit dem Finger fickte. Jedesmal, wenn ich die weiche, pulsierende Scheibe seiner Prostata traf, stieß er einen kleinen Seufzer aus.

»Fick mich«, befahl er schließlich in perfektem Englisch. »Fick mich in den Arsch, *hombre*.« So schlecht mein Spanisch auch war, einen direkten Befehl erkannte ich, wenn ich ihn hörte. Ich beeilte mich, zu gehorchen.

Ich griff in die oberste Schublade und holte Gleitmittel heraus. Ich drückte etwas davon auf meinen Schwanz, dann zielte ich mit dem eingefetteten Pfeil auf sein rosa Bullauge. Ich stieß zu, ohne Widerstand zu spüren. Sein enger Muskelring packte mich direkt hinter der Eichel, und er grunzte. »Sachte«, sagte er, aber bei mir war es vorbei mit sachte. Ich schob ihn hinein bis zum Anschlag. Er stieß einen Laut aus, den ich, hätte ich weniger Erfahrung gehabt, mit einem Schmerzensschrei verwechselt hätte.

Sobald ich in ihm drin war, fürchtete ich, bei der ersten Bewegung abzuspritzen. Also kniff ich den Arsch zusammen und spannte die Bauchmuskeln an, so fest ich konnte. Ich verkrampfte jeden einzelnen Muskel in meinem Körper, um den Höhepunkt hinauszuzögern. Als ich glaubte, der Moment sei vorüber, fing ich an, vor und zurück zu bocken. Er wichste seinen heißen, fetten Fleischbolzen, und ich zog ihn an seinen dunklen, dicken Nippeln. Der Schweiß rann jetzt in Strömen über seinen glatten, gemeißelten Rücken, floß ihm über die Schultern und tropfte ihm von seinen saftigen, behaarten Achselhöhlen über die Rippen.

Mein Schweiß tropfte ihm auf den Arsch und floß in seine Spalte. Je stärker er den Hintern zusammenzog und seinen Schließmuskel anspannte, desto fester pumpte ich. Meine Eier klatschten ihm an den Arsch, und ich ließ meine

Hand ebenfalls zuklatschen. Er keuchte und warf den Kopf hin und her.

»Ich komm' gleich«, sagte ich und zog den Schwanz heraus. Er wirbelte herum, setzte sich meinem Schwanz gegenüber auf einen Stuhl, und ich spritzte ihm über die Schulter und traf die Wand hinter ihm. Der zweite Spermaschwall traf ihn mitten ins Gesicht, dann der dritte, vierte, fünfte… ich hörte auf zu zählen.

Meine Knie machten schlapp. Ich sank zu Boden, gerade als er anfing, Schliere um Schliere heißer Soße auszuspeien, die mir auf Brust und Bauch platschten und in meine feuchten Schamhaare sickerten. Er fiel auf die Knie und fing an, den eigenen Samen von mir abzulecken, indem er sich von meinen harten Nippeln nach unten vorarbeitete, um meinen Nabel auszuschlürfen. Wir rollten über den Teppich, schlangen unsere Arme und Beine umeinander, bis man nicht mehr sagen konnte, wo der eine aufhörte und der andere anfing.

Schließlich wurde unser schweres Atmen ruhiger.

»*Me llamo Juan*«, sagte er.

»Ich bin Bill«, antwortete ich, und wir lächelten uns an.

»Ich habe schon wieder Durst.«

»Ich auch«, antwortete ich. »Und du brauchst immer noch eine Dusche.«

»Du auch«, fügte er mit einem dreckigen Funkeln in den Augen hinzu. Er hatte die dicksten Wimpern, die ich je gesehen hatte. Wir benötigten keine zehn Sekunden, um unter die Dusche zu kommen. Und wir blieben nicht lange durstig.

Nachdem er gegangen war, saß ich lange im Sessel und hob dann und wann meine Hand, um an dem Sackhalter zu schnüffeln, den er zurückgelassen hatte. Ich stellte ihn mir vor, wie er zur Grenze zurückradelte und sein fetter, unbeschnittener Latinoschwanz hin und her wackelte und sein Maul durch das ausgefranste Loch in *meinem* Beutel steckte!

NUMMERN

William J. Mann

Vor mir auf dem Tisch sind Nummern ausgebreitet. Telefonnummern. Diese hier, die am meisten zerknitterte und eingerissene, ist die älteste. Ich bekam sie in Los Angeles, als ich achtzehn war. Sein Name war Philip. Ich habe sie die ganze Zeit über aufgehoben, mehr als zehn Jahre – das Relikt einer früheren Phase, eine greifbare Erinnerung an eine besondere Nacht, einen schönen Mann. Die Nummern wirklich zu sammeln fing ich an, als ich Aktivist geworden war, als Demonstrationen und Proteste und Märsche mich über den gesamten Kontinent führten. Diese hier ist aus Montreal: Ich steh' auf französische Boys. Die hier aus Seattle hebe ich aus rein sentimentalen Gründen auf. Teddy ist nicht mehr unter uns. Aber ich bewahre seine Nummer trotzdem auf.

Diese Nummern geben mir ein gewisses Gefühl der Zugehörigkeit. Sie bilden meine Verbindungen über das ganze weite Land hinweg: über die Landkarte ziehen sich Linien von Herz zu Herz, von Schwanz zu Schwanz. Es gab eine Zeit, in der ich viel herumreiste. Damals, als wir alle Aktivisten zu sein schienen, als es immer was Neues zu tun gab, einen neuen Marsch, den man mitmachte, kam ich ganz schön weit rum. Ich sammelte Dutzende von kleinen Zetteln, auf die die obligatorischen sieben Ziffern plus Vorwahl gekritzelt waren. »Willst du meine Nummer?« fragten sie gewöhnlich, wenn ich mir auf ihrer Bettkante die Stiefel zuschnürte. »Natürlich«, sagte ich dann immer. Vielleicht fuhr ich am nächsten Tag weiter oder noch in der gleichen Nacht – aber man wußte ja nie, ob man nicht noch einmal hier durchkam.

Und ab und zu passierte das auch. Und ab und zu überraschten sie auch mich, wenn sie irgendwann nach New York kamen. »Meine Cousins zweiten Grades sind in der Stadt«, sagte ich dann. Und sie *gehören* zur Familie. Sie sind meine Pseudofamilie, das libidinöse Netzwerk, das die schwule Nation bildet, das kollektive Bewußtsein, das an der kleinen, schwulen Stelle ganz tief in unserer Seele weiterlebt. »Willst du meine Nummer?« fragten sie. *Natürlich* will ich sie: Darum geht es schließlich doch.

Fünf Städte in sechs Tagen. Dann vier Städte in drei. Als ich mich meldete, wußte ich natürlich, daß wir ständig unterwegs sein würden, aber damals, damals in jenen traurigen, depressiven Tagen in meiner winzigen Wohnung am Arsch der Welt, kam mir der Gedanke belebend vor. Inspirierend. Verjüngend. Genau was ich brauchte.

Ich mußte mich irgendwo anschließen. Es war schon eine Weile her, seit ich draußen gewesen war und Nummern gesammelt hatte.

»Ach, du weißt doch, daß die Bewegungsjungs auf ihren Reisen 'ne Menge Sex haben«, hatte mir meine lesbische Freundin Cassandra versichert. »Das wird eine einzige lange Orgie.«

Nur, daß das nicht ganz so stimmte. Zumindest am Anfang nicht. Erstaunlich, daß selbst die radikalste Schwuchtel, die sich über eine homophobe, rassistische, sexistische Gesellschaft oder Regierung die Lungen aus dem Leib schreit, solch spießige Vorstellungen von Sex haben kann.

Komisch, wie man durch das Coming-out fähig wird, zu sehen, wie erdrückend die Heimlichkeit sein kann –, und wie schrecklich einen diese Erkenntnis treffen kann.

Diese besondere Erkenntnis begann für mich persönlich folgendermaßen: Die vier Typen, aus denen unsere Gruppe bestand, in einen zweitürigen Kleinwagen gepfercht, in dem der schwere Geruch unserer Lederjacken und schwitzenden Leiber auf unserer langen Fahrt weg aus New York rasch die Oberhand über den Duft der neuen Fußmatten gewann. Wegen des Gepäcks, das wir mitführten, saßen wir ziemlich eng zusammengezwängt (sogar Aktivisten können Tunten sein – oder vielleicht, *besonders* Aktivisten können Tunten sein). Wir hörten alte Discobänder aus den Siebzigern, während wir die I-95 entlangfuhren, und ich genoß, wie unsere Knie wippten und wie immer einer über einen anderen steigen mußte, wenn wir uns beim Fahren abwechselten. Wir machten eine Stunde in Hartfort Halt, um vor einer der Versicherungsgesellschaften zu singen, dann fuhren wir nach Norden weiter. An diesem Abend stiegen wir zum Schlafen in einem staubigen Motelzimmer ab, wo wir uns zu zweit in die beiden Betten legten. Aber zu dem Betthupferl, das ich mir erhofft hatte, sollte es nicht kommen. »Ich habe einen Freund zu Hause«, flüsterte der Junge, auf den ich schon den ganzen Tag scharf gewesen war, als ich mich unter der Decke an ihn ranmachte. »Wir sind monogam.«

In dieser ersten Nacht war es sehr schwierig einzuschlafen. Denn die Jungs, mit denen ich herumfuhr – mit denen ich zusammenlebte, aß, schlief –, waren hübsch. Verdammt hübsch. Mit großen Augen und voller Enthusiasmus und auf eine verschrobene Weise naiv, trotz – oder vielleicht wegen – ihrer Enttäuschung über die Regierung. Wir hatten dieselbe Trauer und denselben Zorn gemeinsam: den Verlust von Freunden, die Sorgen über unsere eigene Zukunft. Ich hatte gehört, daß diese Protestbands, die dem Präsidentschaftskandidaten quer durchs Land nachjagten, imstande seien, diesen Kummer und Zorn in leidenschaftlichen Sex umzuwandeln oder zumindest das Ficken als ein Ventil für ihre Gefühle zu nutzen, um sich zu einem gemeinsamen Kampf zu verbinden. Aber diese Band (mein Pech) schien ohne Leidenschaft, wenn die Proteste vorüber waren.

Der Junge, auf den ich scharf war, hieß Craig. Dunkle Haare, dunkle Augen, große Lippen. Direkt unter der Oberlippe ein Leberfleck, wie Madonna. Strammer Körper, wenig Körperbehaarung, knackiger, runder Hintern. Die Koteletten, die Ohrringe, die Doc Marten's, die ACTION=LIFE-Sticker an seiner schwarzen Lederjacke. Zu perfekt, zu trendy, zu geklont. Aber wenn ich so neben ihm im Bett lag, ohne ihn anfassen zu dürfen, und ihn schnarchen hörte wie ein Baby, konnte ich an nichts anderes denken, als ihn umzudrehen und ihm meine Stange ins Loch zu stecken.

Wir hätten ein gutes Paar abgegeben: Craig, der so dunkel war, und ich, ganz hell. Ich bin nicht richtig blond, aber auch nicht richtig braun: irgendwo dazwischen. Blaue Augen. Mein Körper ist nicht so fest wie der von Craig, aber auch nicht weich. Und ich habe eine Menge Haare auf der Brust, die zu dem Pfad hin, der von meinem Bauch zum Schwanz führt, dünner werden. Wir hätten einen hübschen Kontrast gebildet, Craig und ich.

Wie sich herausstellte, sollte der Kontrast mehr als deutlich werden.

Die anderen Jungs waren Emilio und Sam. Unter anderen Umständen wäre Emilio eher mein Typ gewesen: Südländer, klein und knackig, mit olivbrauner Haut und merkwürdig grünen Augen (er versicherte mir, es seien keine Kontaktlinsen). Kräftige Arme und breite Brust, kurze Beine und ein flacher Bauch. Wenn wir beide uns ein Bett geteilt hätten, anstatt Craig und ich, wäre es mir bedeutend schwerer gefallen, mich zusammenzureißen. Sam war auch hübsch, aber auf eine etwas spießige Art. Er war schlaksig gebaut, hatte schmutzig blonde Haare und eine Brille und war still und in sich gekehrt, außer wenn er davon sang, daß die Regierung Blut an ihren Händen habe.

Bei Demonstrationen rissen wir alle den Mund ganz schön auf. Nach unserer zweiten, vor Pat Buchanans Wahlkampfhauptquartier in Manchester, New Hampshire, wußte ich, daß wir ein gutes Team waren. Es war unser erster Halt nach Hartford, und die landesweit erste Präsidentschaftsvorwahl, die in New Hampshire stattgefunden hatte, war gerade ein paar Tage vorüber. Wir skandierten »*Heil! Heil!*« vor Buchanans Büro, und ich hatte ein sonderbar ungutes Gefühl, besonders wenn ich den wilden, glasigen Blick sah, der sich in Craigs hübschem Gesicht festgesetzt hatte. Da war etwas in seinen Augen, das mich ängstigte, als sei er vom Geist eines toten SS-Mannes besessen. Und aus einem Fenster im ersten Stock starrte uns sein Gegenbild an: die seelenlosen Augen eines jungen Buchanan-Wahlhelfers; adrett und hübsch in Jackett und Krawatte, die Haare ordentlich gekämmt, starrte er mit leerem, verständnislosem Blick auf die zornigen Demonstranten in Lederjacken, die Naziparolen über die Straße riefen.

»Habt ihr gesehen, wie sie uns angeglotzt haben? Habt ihr ihre verängstigten Republikanergesichter gesehen?« lachte Craig, als wir danach um einen Tisch bei Burger King saßen und mit unseren Lederjacken und den Slogans, mit denen sie über und über bedeckt waren, die Blicke der ehrbaren Bürger New Hampshires auf uns zogen. »Die wußten nicht, ob wir ihnen die Vordertür einrennen würden«, sagte Craig und haute auf den Tisch, was die Familie am Nebentisch dazu veranlaßte, aufzustehen und umzuziehen.

»Es geht nicht darum, Angst zu verbreiten«, sagte Sam zu ihm, während er seinen Whopper auspackte. »Wir sind kein Sturmtrupp, auch wenn wir vielleicht so aussehen.«

Craig runzelte die Stirn. *Was für tolle Lippen*, dachte ich. »Ich habe nichts dagegen, Republikanern Angst einzujagen«, sagte er. »Habt ihr die hübsche, kleine Klemmschwester gesehen, die zu uns runtergeschaut hat? Die bibbern zu sehen, hat mir besonders gefallen. Hübsche Republikanerjungs sind besonders hübsch, wenn sie bibbern.«

Sam schüttelte den Kopf. »Hier geht's nicht um Demokraten gegen Republikaner. Es geht um das System. Beide Parteien. Liberale und Konservative gemeinsam. Wir sollten sie alle ins Visier nehmen. Ihr Gewissen *und* ihr Bewußtsein aufrütteln. Es geht nicht darum, Angst zu verbreiten. Angst gibt es schon viel zu viel.«

Ich sah Sam mit neuen Augen. Nach großen, vollen Lippen stand ich am meisten auf Köpfchen. Seine Analyse gefiel mir. Er meinte es ernst, und das aus gutem Grund. Craig war unser Vorzeigeaktivist: ganz Leidenschaft, ganz Mundwerk. Warum war er so wütend, fragte ich mich. Warum waren wir alle es? Aber bei Craig ging es tiefer: Ich malte mir aus, er sei das Kind auf dem Spielplatz, das beim Sport immer als letztes gewählt wurde, als Sohn, dessen Vater ihm immer vorwarf, ein Muttersöhnchen zu sein. »Ich werd's ihnen zeigen«, malte ich mir Craigs Worte aus: »Denen werd' ich zeigen, wie hart ich sein kann.«

Sam, andererseits, machte sich Gedanken über die Bedeutung von alledem. Er war auch wütend und hatte ein großes Mundwerk, aber immer stand ein Motiv, eine langfristige Strategie dahinter. Ohne Sam, wurde mir klar, wären wir nichts weiter als eine Meute von Schreihälsen. Oder Wölfen.

Denn genau in diesem Augenblick spürte ich unter dem Tisch eine Hand, die mich ohne Vorwarnung fest zwischen den Beinen packte. Um ein Haar hätte ich meine Pommes ausgespuckt. Ich schaute nach rechts, von wo die Hand gekommen zu sein schien. Und Emilio grinste zu mir herüber.

Jetzt war er an der Reihe, seinen Whopper auszupacken. Und damit meine ich nicht seinen Hamburger.

Manchester ist eine ruhige Kleinstadt. Die schwule Kneipe liegt fast genau im Zentrum eines Wohnviertels, wird aber von keinem Schild angezeigt. Wir fanden den Weg dahin mit Hilfe von schwulem Spürsinn. Emilio und ich hatten nicht aufgehört, uns anzuschauen. Ich weiß nicht, ob die anderen es bemerkt hatten. Leichter, trockener Schnee kitzelte uns auf dem Weg im Gesicht, und Emilio und ich stießen uns immer wieder an, rieben unsere Hände gegeneinander, rubbelten uns die Schultern warm. Wir hatten bisher noch kein Wort der Anmache ausgesprochen, sondern nur unsere Augen sprechen lassen. Sam und Craig stritten noch immer, aber ich hatte meine Interessen im Auge: Nach der letzten Nacht mit dicken Eiern würde ich heute abend nicht wieder auf Sex verzichten.

»Moment mal, Mike«, sagte Emilio, als die beiden anderen gerade vor uns den gelben Lichtkreis der Bar betraten. Er nahm mich bei der Hand und zog mich in die beschneite blaue Nacht zurück. »Laß uns ein bißchen spazieren gehen.«

Ich sah, daß Craig zu uns zurückschaute, zuckte die Schultern und ließ die Tür zufallen. *Tut mir leid für dich, Kumpel*, dachte ich.

Unter dem Mond und dem sanft fallenden Schnee auf dem Rasen hinter einem Haus, in einem Dickicht aus Blautannen, wie sie mein Dad und ich damals in Michigan jede Weihnachten gefällt und zum Schmücken den ganzen Weg nach Hause geschleppt hatten, trieben es Emilio und ich miteinander.

Ich war überrascht, wie sanft er war. Für einen so starken Mann war er überwältigend zärtlich. Es war keine Frage, wer wen besteigen würde, wer oben und wer unten liegen würde. Ich fühle mich in beiden Rollen wohl, denn schließlich sind sie nichts anderes: *Rollen*. Und normalerweise fühle ich ganz instinktiv, wer welche Rolle spielen wird, wenn ich jemanden neu kennenlerne. Ich weiß es einfach. Und ich wußte von dem Augenblick an, als Emilio mich unter dem Tisch bei Burger King zwischen den Beinen gepackt hatte, daß *er mich* ficken würde.

Wir sprachen kein Wort. Ich erinnere mich an die Kälte des frischen Schnees im Nacken, an seine warmen Lippen, die sich, immer noch schwach nach Ketchup und Senf schmeckend, auf meine preßten. Seine Hände waren rauh, aber zärtlich und arbeiteten sich unter meinem Hemd nach oben, um mit meinen Brustwarzen zu spielen. Ich beugte mich zu ihm hin, und er schnurrte zufrieden. Dann ließ er eine Hand zwischen meine Beine gleiten und fand meinen halbsteifen Schwanz, der sich in meiner Jeans abzeichnete. Er streichelte ihn durch den Stoff hindurch. Ich wußte, daß ich schon naß war, und er spürte es wahrscheinlich. Mit der anderen Hand griff er um mich herum und legte sie mir auf die Arschbacke, worauf ich mich instinktiv vom Boden stemmte und in Stellung ging. Das war es: Das war es, weshalb wir schrien und tobten; *das* war die Leidenschaft. Wie sonst bleiben wir am Leben, wenn nicht dadurch, daß wir miteinander Sex machen?

Ich bin soweit gekommen, das Geräusch von zerreißendem Zellophan erotisch zu finden. Dann mach' ich einen Satz, schnapp' nach Luft. Nennt mich Pavlovs Maso. Ich weiß, was es bedeutet: in Sekundenschnelle. Ich spüre den stechenden Schmerz einer Eichel, die in mein Arschloch dringt, so wie ich in dieser Nacht im Schnee die von Emilio spürte. Ich weiß nicht, warum ich in dieser Nacht so verspannt war; vielleicht fror ich einfach nur. Aber er mußte mir unter das T-Shirt greifen und die Brustwarzen kneifen, damit ich mich genügend entspannte, um mich nehmen zu lassen. Als er jedoch erst einmal drin war, beantwortete ich jeden seiner Stöße mit eigenen Bewegungen der Hüfte. Ich hatte seinen Schwanz noch nicht gesehen, nur gespürt, und er fühlte sich toll an. Groß genug, aber nicht zu groß, um über den üblichen Schmerz hinaus wehzutun. Er füllte meine Innereien schön aus, und die Bewegungen raus und rein erinnerten mich daran, wie schön es gewesen war, zum erstenmal gefickt zu werden: von meinem Cousin Randy draußen auf der Farm meines Großvaters in Michigan, hinter der Scheune im Schnee, wie jetzt. Randy war inzwischen verheiratet, und wir verloren kein Wort mehr darüber. Aber er war sanft, genau wie Emilio, und er hatte ebenfalls mit meinen Brustwarzen gespielt.

Schließlich redete Emilio: »Ich will dich schon die ganze Zeit ficken, seit wir uns gestern kennengelernt haben. Schlaf heut' nacht bei mir«, sagte er. Ich konnte nur nicken. Es ist nicht leicht, mit einem Schwanz im Arsch zu reden.

Er rammte ihn mir ein letztes Mal hinein, und ich hörte, wie er tief einatmete. Die Spitze seines Schwengels startete einen letzten Angriff auf meine Prostata, und ich spürte, daß mein eigener Schwanz in meiner wild pumpenden Faust kurz davor stand zu explodieren. Emilio zog heraus und riß das Kondom herunter. Dann schoß er seine Sahneladung voll über den Vorderteil meiner Lederjacke.

»Tut mir leid, Mann«, murmelte er.

Ich lachte und dachte dabei: *Davon kriegt meine Jacke das tolle verwitterte Aussehen.*

Ich war fest darauf eingestellt, mir jetzt selbst einen runterzuholen, aber Emilio überraschte mich. Zärtlich beugte er sich über meinen Schwanz, der steil in die nächtliche Luft stand, und schluckte ihn. In erstauntem Behagen stöhnte ich beim Gefühl des warmen, samtweichen Mundes, der meinen Schwanz tief in die Kehle saugte. Ich hob die Hüften an, um ihn ganz auszufüllen, und vögelte ihn langsam in den Mund. Dann machte er sich selbst an die Arbeit und schlabberte an meiner Rute wie ein kleiner Junge an einer Zuckerstange. In Kreisen fuhr er mit der Zunge um meine Eichel und spielte mit dem Finger in meinem noch wunden Arschloch. Dann leckte er der Länge nach den Schaft und nahm meine Eier in den Mund, jedes für sich, und zart und behutsam behielt er sie dort, um sie zu genießen.

Dann machte sich seine warme, feuchte Zunge auf den Weg nach unten, an den Eiern vorbei zu der köstlichen, kleinen Stelle zwischen Sack und Arsch, dem allertiefsten Punkt des menschlichen Körpers, den weichen, rosigen Unterleib, wo er mich küßte. Dann fuhr seine Zunge ins Loch, das er gerade eben aufgebrochen hatte, und endlich kam ich wie ein Geiser, ohne mich auch nur zu berühren.

Wir trieben es später nachts noch einmal, nachdem Sam und Craig in dem benachbarten Bett der Howard Johnson's Motor Lodge, in der wir uns für die Nacht niedergelassen hatten, eingeschlafen waren. Der Umstand, daß wir leise sein und vorsichtig ficken mußten, damit das Bett nicht quietschte, turnte mich um so mehr an. Einmal hielt Emilio mir den Mund zu, so daß ich kaum atmen konnte: es kam dem Ausleben einer S/M-Phantasie näher, als ich es (bisher) je erlebt habe. Sein Schwanz fühlte sich in meinem Arsch sogar noch besser an. Er küßte mich hart und schmerzhaft, während er mich ebenso hart fickte.

Wir schliefen beide unglaublich gut.

Der nächste Halt war Boston. Ich glaube, Craig und Sam argwöhnten, daß etwas zwischen Emilio und mir ablief. Emilio hatte niemandem etwas vormachen können, als er sich schlafend neben mir aufs Bett hatte fallen lassen, damit Craig nicht den gleichen Platz wie die Nacht zuvor beanspruchen konnte. Und dann saßen wir auf dem Rücksitz fürchterlich eng zusammen. Es waren ein paar Stunden

Fahrt von Michigan nach Boston. Wir hörten ein altes ABBA-Band, auf das wir abfuhren: »*You are the dancing queen, young and sweet, only seventeen...*« Emilio und ich waren besonders aufgekratzt. Die Pheromone, die wir heute nacht produziert hatten, machten uns noch immer high. Mittags waren wir alle ziemlich hungrig, und Emilio schlug vor, wir sollten anhalten und uns etwas zu essen besorgen. Er zwinkerte mir zu und sagte, er wolle außerdem mal für kleine Jungs. Ich glaube, Craig bemerkte es.

Wir fuhren bei einem McDonald's ab. Es war nicht mehr weit nach Boston. »Hey«, fragte Emilio den Jungen hinter der Theke, einen dünnen, schwarzen Typ mit weicher, glänzender Haut, »wieso ist die Toilette abgeschlossen?«

»Einen Moment«, antwortete der Kleine, und ich sah es in seinen Augen. Sein Blick traf sich mit dem von Emilio, und ich staunte. Wie finden wir uns gegenseitig? Woher wissen wir es? Welchen geheimnisvollen Duft strömen Schwule aus, den nur wir wahrnehmen können? »Ich bring' euch den Schlüssel«, sagte der Kleine hinter der Theke mit kratziger Stimme.

Sam und Craig bestellten ihre Big Macs mit Pommes und setzten sich in eine Nische. Ich folgte Emilio, der seinerseits dem Kleinen zum Herrenklo folgte. *Nein*, sagte ich mir immer wieder, *das hier passiert nicht wirklich.*

Aber es passierte. Kaum waren wir drinnen, drehte sich der Kleine um und lächelte. »Hey«, sagte er, »leg los.«

»Ganz wie du willst«, erwiderte Emilio und packte den Jungen, der nicht älter als achtzehn sein konnte, und zog ihn zu einem wilden Kuß an sich. Ich stellte mich hinter ihn und betastete seinen runden, festen Arsch unter dem orangeroten Polyester seiner McDonald's-Uniformhose. Er roch nach Pflanzenfett. Ich biß ihm in den Hals, und seine Hände kamen nach hinten, um mich durch die Jeans hindurch zwischen den Beinen zu packen.

Emilio schüttelte seine Lederjacke ab und zog sich das T-Shirt über den Kopf. Der Kleine fing an, ihm die bronzefarbene, unbehaarte Brust zu lecken, wobei er die scharfen Umrisse der muskulösen Titten nachzeichnete. Dann saugte er sich an Emilios linker Brustwarze fest. Seine McDonald's-Kappe rutschte ihm vom Kopf, und ich zog ihm die Hose herunter und enthüllte den schönsten Arsch, den ich je gesehen hatte: rund und fest, mit einer tiefen Spalte. Ich ging in die Knie und stieß ihm die Nase und die Lippen zwischen die Backen. Mit der Zunge voran fand ich sein Loch und fing an, es mit einer Leidenschaft auszulecken, die mich selbst verblüffte.

Ich meine, es war ja nicht so, daß ich in letzter Zeit nichts abbekommen hätte.

»Au, ja, Mike«, sagte Emilio, »leck ihm das Arschloch.«

Ich liebte schweinisches Gerede. Ich wünschte mir, Emilio würde weiterreden und die Szene beschreiben, aber ich stellte fest, daß auch er in die Knie gegangen war und dem Kleinen einen blies. Der stöhnte ziemlich laut, und eine flüchtige Sekunde lang fragte ich mich, ob Sam und Craig wohl hören konnten, was hier abging. Ich war jedoch zu beschäftigt, um viel länger darüber nachzudenken: Der Arsch des Kleinen schmeckte so süß, so intensiv, und ich hatte nur noch den Wunsch, ihn zu ficken. Ich zog den Kopf aus seiner Spalte, um kurz einen Blick auf sein dickes Gerät zu erhaschen, das in Emilios Gesicht rein und raus fuhr. Von meinem eigenen pochenden Ständer angestachelt, machte ich mich wieder über mein Mahl her.

Alle Hoffnungen, den Kleinen zu ficken, lösten sich jedoch in Luft auf, als ich spürte, daß sich sein ganzer Körper verkrampfte und er seinen Schwanz aus Emilios Mund riß und eine Ladung abschoß, die mich an diejenigen erinnerte, die ich in seinem Alter, etwa zehn Jahre zuvor, auch abgeschossen hatte. Ich stand auf und half ihm, das Gleichgewicht wiederzufinden. Er blickte etwas peinlich berührt drein, aber Emilio küßte ihn sachte auf die Lippen. »Hey, tolle Show, Mann«, sagte Emilio.

»Ich muß wieder an die Arbeit«, sagte der Kleine verlegen.

»Klar«, sagte ich und lächelte Emilio zu, als wir sahen, wie er durch die Tür rannte.

Hinten in der Nische aß Sam gerade seine letzten Pommes und las die New York Times. Craig jedoch starrte mich vorwurfsvoll an.

»Wo *wart* ihr eigentlich?« fragte er.

»Wir haben gefragt, wo's langgeht«, sagte Emilio, und ich lachte.

»Der Kleine dort«, sagte Craig, als sein prüfender Blick dorthin wanderte. »Ihr habt es gerade mit ihm getrieben!«

»Jau«, sagte ich und hielt Craigs Blick stand, der vor Eifersucht glühte.

»Mann«, sagte er und senkte den Blick. »Danke, daß ihr's uns erzählt.«

»Hey«, erhob ich Einspruch. »Du bist doch monogam.«

Er gab keine Antwort.

Selbstzufrieden ging ich zum Tresen. Der Kleine grinste mich an. Ich bestellte eine Cola zum Mitnehmen. »Hey«, sagte der Kleine und gab mir die Cola und die Rechnung. Ich warf einen Blick darauf. Sie war mit blauer Tinte beschrieben: »Ruf mich an, wenn du wieder mal in Boston bist. Earl.« Und dann seine Nummer. Vorwahl zuerst.

Wieder auf der Straße sangen wir mit Jimmy Somerville (*»Never can say good-bye, boy«* – mit Betonung auf *boy*.) Wir fuhren eine Weile dicht hinter einem Auto mit Bush/Quayle-Aufkleber her, dann überholten wir, damit sie unser SILENCE=DEATH sehen konnte. »Ihr Kerle seid *so* unreif«, sagte Sam immer wieder.

Ich war noch nie in Boston gewesen. Die Jungs hier waren gewiß hübsch, auf ihre Weise. Vor Bushs Hauptquartier gab es eine große Aktion, und als ich so dort stand, in einem Meer von Lederjacken und aufgegeilt vor Wut und Schmerz und Entschlossenheit, war mir, als wollte ich alle und jeden da drinnen, die Kerle, und eventuell auch die Frauen, durchficken. Es ist ein tolles, sicheres Gefühl, von Gleichgesinnten umgeben zu sein, die sich alle in einer einzigen gemeinsamen Leidenschaft, zu einem einzigen Zweck versammelt haben. Es gibt haufenweise Anmache: die Blicke schießen von einem zum andern, die Schwänze werden steifer mit jedem Dezibel beim Schreien unserer Parolen. Manchmal schleppe ich nach der Demo einen ab. Ein andermal nehme ich meine Geilheit mit in die Bar oder den Sexclub. Aber all diese Leidenschaft kann auch runterziehen: Später, als sich alle zerstreut hatten, saßen wir zu viert alleine im Quincy Market zitternd in der grauen Winterdämmerung.

»Was wollt ihr jetzt machen?« fragte Emilio.

»Ich denke, zum Motel zurückgehen und uns richtig ausschlafen. Wir müssen morgen sehr früh raus, damit wir rechtzeitig unterwegs sind, um bei der Aktion vor dem Rathaus in New York dabeizusein«, sagte Sam.

Ich wußte Sams Vernunft inzwischen zu schätzen, aber nicht im Augenblick. »Ich will nicht zum Motel zurück«, sagte ich. »Nicht schon jetzt.«

»Ich auch nicht«, stimmte Emilio mir zu.

Craig hatte nichts gesagt. Jetzt redete er. »Kommt, wir mischen Buchanans Hauptquartier auf.«

»Was?« fragte ich.

»Das war heute nicht eingeplant«, gab Sam zu bedenken.

»Ach was?« fragte Craig. »Um so besser. Dann rechnen sie nicht mit uns.«

»Und wozu soll das gut sein?« fragte Emilio. »Wir sind dort gerade mal zu viert.«

Craig hatte wieder diesen beängstigenden Blick. »Ich gehe hin«, sagte er.

Also gingen wir mit. Schließlich waren wir ein Team. Er wäre nicht sicher gewesen, wenn er alleine gegangen wäre. Wir beschlossen, ins Büro zu gehen, ein paar Flugblätter zu verteilen und dann ein paar Minuten lang auf dem Gehsteig draußen Parolen zu skandieren. »Vielleicht kommen wir ja zu *irgendwem* durch«, sagte Craig.

Wir waren überrascht, *wen* wir dort vorfanden. Die hübsche Klemmschwester mit dem leeren Blick, die wir am Tag zuvor in Manchester gesehen hatten. Er trug einen blauen Anzug und eine rot-blaue Krawatte über einem weißen Hemd. Seine Augen nahmen nichts wahr, als wir, unsere Lederjacken draußen hinter einer Schneewehe verborgen, eintraten. Ich gab ihm ein Flugblatt, und er schaute es sich an, ohne zu begreifen. Zwei weißhaarige alte Damen mit Perlen, die an einem Tisch saßen und Linien auf Wahllisten malten, nahmen Flugblätter von Sam entgegen und lasen sie. Eine der beiden schrie »Oh! Sie haben AIDS!«

Dann setzte ein Papiergestöber ein. Flugblätter wurden in die Luft geworfen. Ich bin nicht sicher, von wem, wahrscheinlich von Craig. Daraufhin stießen die alten Damen ihre Stühle zurück, stolperten versehentlich über den Tisch, wodurch die Wahllisten wie große weiße Motten durch die Luft flogen. Der Klemmschwule bewegte sich nicht, bis er sich umschaute und feststellte, daß er der einzige Mann im Raum war. Sein Gesicht spannte sich, als ob er glaube, zu irgendeiner Maßnahme verpflichtet zu sein, und er trat einen Schritt vor. »*Unternehmen* sie etwas, Chester!« schrie eine der alten Damen.

Wir hatten unterdessen alles kurz und klein geschlagen und standen auf dem Gehsteig draußen vor dem Fenster und skandierten »Buchanan predigt, während Menschen sterben!« Chester – *ein überaus passender Name,* dachte ich – stand in der Tür und beobachtete uns regungslos.

»Hey, Chester«, rief ich. »Warum kommst du nicht raus und gehst mit uns?«

»Oder vielleicht kommst du ja auch mit was anderem raus«, rief Greg.

Endlich war in seinen Augen irgendein Funke zu erkennen. Emilio sagte später, er habe ihn auch gesehen. Es war, als würden Chesters Augen plötzlich das Licht einer Straßenlaterne reflektieren. Aber dann war es vorbei. Seine Augen erloschen wieder. Er sprach kein Wort. Eine der beiden alten Damen streckte ihren häßlichen Hals hinter ihm durch die Tür und quäkte: »Wir rufen die Polizei!«

Chester drehte sich daraufhin um, als wolle er sie beruhigen. Er schloß die Tür hinter sich.

Ich konnte erkennen, daß sie die Tische aufstellten und die Wahllisten sortierten. Von Zeit zu Zeit warf Chester einen Blick durchs Fenster, um zu sehen, ob wir noch da waren. Einmal winkte ich ihm zu.

»Scheiß republikanische Klemmschwester, dreckige, selbstunterdrückerische Schwuchtel«, spuckte Craig.

»Was macht dich so sicher, daß er schwul ist?« fragte Emilio.

»Das gleiche, das dich bei dem Kleinen bei McDonald's so sicher gemacht hat«, sagte Craig; der Punkt ging diesmal an ihn.

»Warum warten wir nicht auf ihn?« schlug ich vor. Ich war mir nicht sicher, was wir sagen oder tun sollten, aber das Funkeln in seinen Augen hatte mich gereizt.

»Das halte ich für keine gute Idee«, meinte Sam.

Craigs Augen blitzten auf. »Aber klar doch«, sagte er, »wir können über ihn herfallen. Ihm die Scheiße aus –«

»Nein«, sagte ich entschieden. »Das habe ich *nicht* gemeint. Ich meinte auf ihn warten, mit ihm reden.«

Emilio lachte auf. »Meinst du etwa, du kannst ihn dazu bringen, sich zu outen?«

»Man könnt's versuchen«, sagte ich.

Sam reckte sich. »Ich bin fix und fertig«, sagte er. »Das Team muß sich jetzt aufteilen. Ich geh' zurück zum Motel und hau' mich hin.«

Craig nickte. »Klar, Sam. Mach nur. Du auch, Emilio, wenn du willst.«

Emilio warf ihm einen mißtrauischen Blick zu. »Nein«, sagte er. »Ich bleibe.«

Sam stapfte also alleine durch den Schnee davon, um sich ein Taxi zu suchen. Wir postierten uns hinter einem Denkmal für irgend einen Patrioten aus Neu England und warteten. Es wurde ziemlich kalt, und wir redeten nicht viel. Craig behielt das Buchanan-Hauptquartier im Auge. Emilio und ich saßen eng im Schatten beieinander und küßten uns, sowohl der Leidenschaft als auch der Wärme wegen. Wir hatten beide eine Erektion, aber eine, bei der es angenehm ist, sie eine Weile zu behalten, nicht eine, die augenblickliche Erleichterung verlangt.

»Hey«, flüsterte Craig, »warum besorgt ihr beide uns nicht 'nen Kaffee. Es könnte 'ne Weile dauern, bis er rauskommt.«

Ich schaute zu Emilio. »Klingt gut«, sagte ich.

Emilio blickte zu Craig auf. Dann wieder zu mir. »Na schön«, sagte er, aber die Idee schien ihm nicht geheuer zu sein.

Die Straßen waren still. Es hatte wieder angefangen zu schneien, und über das Viertel hatte sich eine seltsame Ruhe gelegt. Sie erinnerte mich an einen Film, den ich vor langer Zeit damals in Michigan im Rialto Theater an einem Samstagnachmittag gesehen hatte, lange bevor ich fünfzehn Freunde und einen ganz besonderen Lover an die Seuche verloren hatte. Der Film handelte von Eindringlingen aus dem Weltraum, die eine Stadt übernehmen und alle Bewohner umbringen, so daß der Held, als er nach einiger Zeit zurückkommt, verwirrt von der Leere durch die Straßen läuft und mit Entsetzen gewahr wird, daß er der einzige Überlebende ist.

»Wo sind die alle?« fragte Emilio in meine Gedanken hinein.

»Das möchte ich auch gerne wissen«, sagte ich.

Wir fanden einen einzigen Mann, Koreaner vermutlich, mit einem schwachen, traurigen Lächeln im Gesicht hinter dem Tresen eines Imbissladens. Wir bestellten drei Kaffee. »Sollen wir einen für Chester mitnehmen?« fragte Emilio.

»Er kann bei mir mittrinken«, sagte ich zwinkernd.

»Weißt du«, sagte Emilio, als wir durch den Schnee zurückstapften, »ich frage mich wirklich, ob wir dieses Tempo wirklich durchhalten.«

»Wie meinst du das?« fragte ich. Der Kaffee verbrannte mir die Zunge.

»Ich meine fünf Städte in sechs Tagen. Dann vier Städte in drei. Ich werd' jetzt schon müde.«

Ich lachte. »Vielleicht sollten wir damit aufhören, mitten am Nachmittag mit McDonald's Angestellten rumzuvögeln.«

Er lächelte. »Ich muß auf mein Tempo achten«, sagte er. »Ich darf nicht schlappmachen.«

Ich legte meinen Arm um ihn. »Hey, deswegen fahren wir ja in Teams. Ich paß' auf dich auf.«

Wir küßten uns. Auf unseren Nasen und Stirnen landeten Schneeflocken.

Als wir wieder hinter dem Denkmal angekommen waren, war kein Craig zu sehen. Und das Buchanan-Hauptquartier war finster und für die Nacht geschlossen.

»Hey, wo zum Teufel –«, legte Emilio los.

Dann hörten wir das Scheppern von Metall. In der Gasse neben dem Hauptquartier bewegte sich etwas. Wir hörten einen erstickten Ruf. Eine Sekunde lang schauten wir uns an, dann ließen wir unseren Kaffee fallen und rannten los.

Im Dunkel, gleich neben einer Reihe von Mülltonnen, hatte Craig Chester im Schwitzkasten. Der junge Republikaner wehrte sich und versuchte, freizukommen. Seine Krawatte hing jetzt schief, und seine blaue Anzughose war mit Schnee bedeckt. Craigs Augen blitzten wild.

»Hey, Jungs«, rief Craig uns zu. »Kommt her und laßt die Klemmschwester eure Schwänze lutschen.«

»Laß ihn los!« rief ich.

»Scheiß drauf«, brüllte Craig zurück.

Emilio war sprachlos. Der Anblick war zugegebenermaßen reizvoll. Militante Ledertunte überwältigt jungen Buchanananhänger in Schlips und Anzug. Beide hübsch. Beide hatten es nötig, einmal so richtig gut durchgefickt zu werden, um aus ihrer Ignoranz und ihrer Sturheit aufzuwachen. Vielleicht sollten wir es einfach geschehen lassen. Vielleicht sollte die Klemmschwester ebenso durchgefickt werden, wie sein Herr und Meister und Leute wie seinesgleichen uns durchfickten. Vielleicht konnte er dann das Blatt umdrehen und seinerseits etwas Sinn und Verstand in Craig ficken.

Aber das ist verrückt.

»Laß ihn los«, hörte ich hinter uns sagen.

Es war Sam. Craig zuckte zusammen, dann machte er ein schreckliches Gesicht. »Arsch«, sagte er, womit er Chester losließ, der taumelte und in eine Schneewehe fiel.

»Du bist verrückt«, sagte Sam zu Craig, der ihm einen Stoß versetzte. Unglaublich schnell packte Sam Craig vorne am Hemd und zog ihn an sich, um ihm direkt in die Augen zu schauen. Ich konnte es kaum fassen, daß unser kleiner Vernunftprophet fähig war, eine solche physische Kraft auszuüben. Aber er schien Craig Respekt einzuflößen; Emilio und mir ebenso. Sam sagte Craig nur drei Worte ins Gesicht: »Geh nach Hause.« Und Craig, sobald er losgelassen wurde, rannte ins nächtliche Schneegestöber hinaus.

»Da waren's nur noch drei«, sagte Sam mehr zu sich selbst als zu uns. Er beugte sich hinunter und half Chester aus dem Schnee auf.

»Danke«, sagte Chester; zum erstenmal hörte ich seine Stimme, ein schüchterner, leiser Ton.

»Nur damit du's weißt«, sagte Sam, der ihn anstarrte. »Ich habe dir nicht geholfen, weil du's verdient hättest. Ich habe dir geholfen, weil es richtig war.«

Chester starrte ihn an.

»Wir sind keine Schläger. Im Gegensatz zu den Leuten, für die du arbeitest«, belehrte Sam den Jungen.

Chester schien nach mir zu suchen. Unsere Blicke trafen sich. Sogar als Craig ihn im Würgegriff gehabt hatte, hatten seine Augen nichts wahrgenommen. Aber jetzt *war* da etwas: Furcht, vielleicht mehr als das. Erwartung. Sogar Erregung.

»Ich weiß«, sagte er schließlich. »Wenn mir in den letzten Monaten irgend etwas klargeworden ist, dann das.«

»Dann mach doch Schluß«, sagte Emilio. »Hau ab.«

»Das ist nicht so einfach. Mein Vater ist Parteifunktionär. Wenn ich von der Schule abgehe, kriege ich einen Job –«

»Und eine Frau«, sagte ich.

Er schaute mich an. »Das verstehst du nicht«, sagte er.

»Nein«, sagte ich. »Das versteh' ich auch nicht.«

»Bitte«, sagte Chester und sah dabei aus, als würde er gleich heulen. »Laßt mich in Ruhe.«

Das taten wir. Wir ließen das arme, bedauernswerte Wesen in der Gasse stehen. Ich nahm an, dies würde das letzte Bild von ihm sein – im Schnee, die Kleidung zerknautscht, mit hängendem Kopf im Schatten stehend.

Aber dem war nicht so. Emilio, der von Sams Zurschau-
stellung von Kraft beeindruckt war, konnte sich nicht über
unseren furchtlosen Anführer beruhigen. Es machte mir
nichts aus. Ich hatte den Eindruck, bis unser Trip vorüber
war, würde es jeder mit jedem getrieben haben. Außer
natürlich mit Craig. Ich trödelte ein wenig und ließ Emilio
und Sam vorangehen. Ich warf einen Blick über die Schulter und sah, daß Chester immer noch dort stand und mir
nachschaute. Ich ging langsamer und blickte mich erneut
um. Er starrte mich aus seinen leblosen Augen an. Ich rief
Emilio und Sam zu, sie sollten ohne mich weitergehen und
daß ich bald nachkäme. Ich hielt an und drehte mich zu
Chester um.

Er war so jung. Selbst aus dieser Entfernung traf es mich
wie ein Schlag. So jung. So fehlgeleitet. Im traurig-trüben
Licht der gelben Straßenlaterne sah er für alle Welt aus wie
eine Figur aus einer Dickensgeschichte: einsam und frie-
rend, verloren und vergessen in einer Winternacht im
Schnee.

Hab kein Mitleid mit ihm, ermahnte ich mich. *Er ist der
Feind.* Aber als er zurück in die Gasse ging, folgte ich ihm.
Dort, in den tiefblauen Schatten, streckte ich die Hände
nach ihm aus und spürte die Wärme seines Leibes an meinem. Unsere Lippen suchten einander in unseren Gesich-
tern, und unsere Münder trafen sich in einem wilden Kuß.
Ein Teil meiner selbst fragte sich einen Augenblick lang, ob
ich mir dies einbildete, ob ich tatsächlich noch immer hier
auf dem Gehsteig stand und den Anblick des Jungen im
Schein der Laterne bedauerte. Aber dann spürte ich seinen
härter werdenden Schwanz durch seine dünne Anzughose
hindurch. Er zuckte, als ich ihn streichelte, und ich ließ
meine Lippen von seinem Mund über seinen Hals hinab-
gleiten und spürte, wie er in meiner Umarmung erbebte.

Wir sprachen kein Wort. Stumm fiel er auf die Knie, was

einen dumpfen Schlag auf der Decke aus Schnee hervorbrachte. Mit zitternden Fingern öffnete er mir die Jeans. Ich hielt ihn an den Schultern, so sanft und doch fest wie ich konnte, und stieß ihn auf mich zu. Ich spürte seinen warmen Atem an meinem Glied und dann das sanfte Streicheln seiner Lippen. Ich spürte, wie mein Schwanz über seine samtweiche Zunge glitt und wie über er die Unterseite leckte und mit meiner Unterwäsche kämpfte, um meine Eier zu küssen.

Ich zog ihn auf die Füße und drehte ihn um, so daß er von mir abgewandt stand. Grob öffnete ich ihm den Gürtel und zerrte ihm die Hose herunter. Ich hob die Schöße seines Sportmantels, rollte ein Kondom über und drang im Stehen ohne Mühe in ihn ein. Er erschauerte entweder vor Schmerz oder vor Ekstase oder einer Mischung aus beidem. Alles, was er sagte war: »Ja.« Ich stieß in seinen jungen, engen Arsch vor und spürte beim Hinein- und Hinauspumpen seine zupackenden Muskeln. Seine Hände kamen nach hinten und klammerten sich an meine Arme. Mit einer Bewegung, die mich erstaunte, küßte ich ihn im Nacken, während ich ihn fickte, und dann kamen wir beide, fast gleichzeitig.

Ich ließ die Stille nachwirken, während wir uns wieder anzogen. Endlich, als wir fertig waren, drehte er sich um, und ich sah wieder den Funken in seinen Augen. »Hey«, sagte ich, »komm mit mir mit.«

»Nein«, sagte er. »Ich kann nicht.«

»Warum nicht?« fragte ich.

»Das würdest du nicht verstehen.« Er wandte den Blick ab.

»Gib mir wenigstens deine Nummer«, sagte ich. »Oder nimm meine.«

Er wandte sich wieder um. Der Glanz in seinen Augen war verschwunden. Er hatte wieder den leeren Blick, den ich beim ersten Mal an ihm gesehen hatte. Um sicherzugehen schaute ich ihn einige Sekunden lang an. Dann schüttelte ich das Kummergefühl, das in mir aufstieg, ab und ging. Und ich wagte es nicht, mich umzuschauen und ihn noch einmal anzusehen. Emilio und Sam lagen sich tief schlafend in den Armen, als ich in unsere Motelzimmer zurückkehrte. Craig war nicht da. Er war in eine Bar gegangen und abgeschleppt worden. Von Schuldgefühlen überwältigt, bestieg er am nächsten Morgen einen Bus, der ihn zu seinem Freund zurückbrachte. Damit waren wir wirklich nur noch zu dritt.

Ich erzählte nichts von Chester. Wie hätte ich es ihnen erklären sollen?

Die Fahrt nach New York verlief ruhig. Wir ließen keine Musik laufen. Ich schaute hinaus, während wir an den Rückseiten von Einkaufszentren, verrotteten Mietskasernen, mit Müll übersäten Gärten hinter Vorstadthäusern vorbeifuhren. Sam saß den ganzen Weg am Steuer. Emilio schlief. Ich streckte mich auf dem Rücksitz aus, ich konnte nicht schlafen. Einmal, als wir an einem McDonald's haltmachten, um zu pinkeln, äugte ich einem hübschen Typ hinterher, der den Fußboden wischte, und er schaute zurück und lächelte mich an. Aber ich unternahm nichts weiter.

Morgen würden wir in Philadelphia sein, aber im Augenblick waren wir wieder zu Hause. Ich hätte sogar die Gelegenheit, rasch in meine Wohnung zu flitzen, meine Post einzusammeln und bei Cassandra vorbeizuschauen. »Und, wie ist der Sex?« würde sie zweifellos fragen. »Hat die Orgie schon angefangen?«

Was sollte ich antworten? Ich konnte nur noch an Chesters traurige, verlorene Augen denken: verlorener als alle Freunde, um die ich trauerte.

Im Rathaus versanken wir in der großen Menge und ließen uns von der Wärme, die von Körper zu Körper strömte, beleben, inspirieren, vitalisieren. Aber selbst dies, dieses alte Gefühl von Wohlbehagen und Bestätigung, das immer kam, wenn ich mitten unter Dutzenden von anderen zornigen, Parolen rufenden Tunten stand, nahm ab. Selbst während ich darin badete, wußte ich, daß es vergänglich war, daß auch dies vorübergehen würde.

Und so war es. Wieder blieben wir drei alleine zurück, saßen mit rauhen Kehlen und Kopfschmerzen auf den Stufen des Rathauses.

»Hey«, sagte Emilio. »Dann treffen wir uns also um sechs und machen uns auf nach Philly?«

»Fünf Städte in sechs Tagen«, sagte ich als eine Art Antwort.

»Ich geh' nach Hause, nehm' 'ne Dusche und ruh' mich aus«, sagte er. »Bis dann.«

Nachdem er gegangen war, wandte Sam sich an mich. »Alles in Ordnung mit dir?« fragte er.

»Ich möchte nicht werden wie Craig«, sagte ich.

»Keine Angst«, beruhigte er mich. »Wirst du nicht.« Und dann küßte er mich, voll und tief, der beste Kuß, an den ich mich seit langer, langer Zeit erinnern konnte, und direkt vor dem Rathaus.

»Hey«, sagte ich zu mir kommend und ihn nicht aus den Armen lassend. »Das könnten immerhin ganz lustige sechs Tage werden.«

Sam lächelte, und zum ersten Mal fiel mir auf, wie schön er war. »Und vergiß nicht – danach vier Städte in drei Tagen«, lachte er.

»Je mehr, desto besser«, sagte ich und zog ihn zu noch einem tiefen, feuchten Zungenkuß an mich.

Mein Schwanz drängte gegen meine Jeans. Hätte Sam mich gelassen, hätte ich ihn mir gleich hier auf den kalten Marmorstufen vorgenommen. Scheiß drauf, ob uns einer gesehen hätte. Aber er wand sich aus meinem Griff. »Heute abend«, sagte er, »da schlafen wir alle in einem Bett.«

Ich war einverstanden. Dann eilte er durch die Menge davon zu seinem kleinen Nest, um zu duschen, sich auszuruhen und sich für die nächste Etappe der Reise fertigzumachen.

Was ich auch tun sollte, sagte ich mir. Der nächste Teil der Reise würde noch anstrengender werden: Philadelphia, Baltimore, Washington. So vieles war schon passiert. Wir hatten einen aus unserem Team verloren. Wir hatten gefickt, wir hatten gekämpft, wir hatten Gleichgesinnte gefunden. Und auch wieder verloren. Was würde die nächste Woche bringen? Und die Woche danach?

Ich war geil. Ich mußte abspritzen, bevor es weiterging. Es war kalt, und es starben Leute, und einige waren für immer weg – aber ich konnte immer noch kommen, ich konnte immer noch abspritzen, und ich konnte mir einen Kerl suchen, den ich ficken konnte oder der mich fickte.

Beim Prince Albert's Theater am Times Square fand ich, was ich suchte.

Er war so schön, wie ich es mir vorgestellt hatte. Jung auch. Collegealter. Er hätte gut ausgeschaut in Anzug und Krawatte und mit ordentlich zurückgekämmtem anstatt ins Gesicht fallendem Haar wie jetzt. Die Beine in die Luft gestreckt warf er den Kopf in rhythmischer Lust hin und her. Ich sah zu, wie mein Schwanz in seinem engen, kleinen Loch aus und ein fuhr. Ich wunderte mich, wie schön es war, wie gut wir zusammenpaßten. Diese verdammten Bibelwichser, die behaupteten, daß Anus und Penis nicht füreinander geschaffen seien, hatten solche Wonnen nie kennengelernt und nie gesehen, wie ausgezeichnet das funktionierte. Ich hob den Kopf zu der wasserfleckigen Decke und stöhnte in tiefer, urtümlicher Lust. Der Junge unter mir wichste seinen Schwanz.

Sachte zog ich ihn nach oben, so daß sein süßer, junger Mund an meinen Brustwarzen saugen konnte. Er schlabberte eifrig, und meine Brustbehaarung wurde von seiner Spucke verklebt. Die ganze Zeit über blieb ich in ihm und fickte sein saftiges, kleines Loch. Ich biß ihn ins Ohr und in den Hals und spürte, wie ihn Gänsehaut überlief.

Dann war ich soweit. Ich wollte es sehen, wollte, daß *er* es sah. Daher zog ich den Schwanz heraus und hatte kaum Zeit, den Gummi abzustreifen, bevor ich in langen, weißen Strömen kam. Die Augen des Jungen wurden vor Staunen weit, als habe er so etwas noch nie gesehen.

Vielleicht war es auch so.

Dann kam er selbst in einer blubbernden, weißen Eruption, die ihm über die Finger floß und an der Faust herabrann. Er nahm einen Batzen und führte ihn gierig leckend an die Lippen.

»Mein Süßer«, sagte ich, wuschelte ihm in den Haaren und stand auf, um mir die Hose wieder anzuziehen.

»Hey«, sagte der Kleine. »Wie heißt du?«

»Mike«, sagte ich.

»Wollen wir uns wiedersehen?« fragte er.

»Ich muß heut' abend wieder los«, sagte ich. »In ein paar Wochen bin ich wieder hier.« Dann fügte ich hinzu: »Vielleicht.«

Er schaute bekümmert. Ich war ebenfalls traurig, aber nur einen Augenblick. »Hey«, sagte ich. »Hier. Nimm meine Nummer.«

Ich reichte ihm meine Karte. Sein Gesicht hellte sich auf. »Willst du meine auch?« fragte er.

»Na klar«, sagte ich.

Jetzt, all ihre Nummern um mich ausgebreitet, erinnere ich mich an jeden einzelnen. Philip aus Los Angeles. Teddy aus Seattle. Raphael aus Montreal. Earl aus Boston. Chris, den ich in Philly kennenlernte. Miguel, dem ich es in Washington besorgte. Steve, der Typ aus Baltimore.

Und hier habe ich auch Emilios Nummer, zur Erinnerung. Und Sams. Sogar Craigs, obwohl er immer noch monogam ist. Ein paarmal im Monat sehe ich den Kleinen vom Prince Albert's Theater. Er heißt Tony. Seine Nummer steckt an meinem Spiegel.

Nur eine Nummer habe ich nicht, und jedesmal, wenn ich sie alle um mich ausbreite, so wie jetzt, denke ich an sie. Ich denke an sie, und ich denke an ihn. Seinen seelenlosen Blick. Das Leben, das ich nicht verstand. Und ich frage mich, wie es sein muß, wenn man keinen Lover hat, keine Linien, die von Herz zu Herz, von Schwanz zu Schwanz führen.

Dann sammle ich meine Nummern ein und lege sie weg.

SAIGON 1968

Felice Picano

»In Saigon gibt es alle möglichen schwulen Örtlich-
keiten. Bestimmte Hotels, wo man ein Sechserpack
oder eine Flasche Scotch kaufen kann, vielleicht ein
bißchen Opium oder einen Joint zum Feiern. Sie heißen hier
Heime. Keine Ahnung, wieso. Manche Jungs gehen mit
'nem Mädel dahin, bezahlen sie und schicken sie weg. Es
gibt nicht allzu viele Kerle, die auf eingeborene Boys stehen. Wenn sie Asiaten mögen, warten sie, bis sie länger frei
bekommen, und nehmen den Flieger nach Bangkok. Die
Boys dort sind sauberer und hübscher und haben mehr Erfahrung.

Die meisten schwulen Bars sind genau wie normale Sol-
datenkneipen – nur ohne die Mädchen. Wenn man da ah-
nungslos von der Straße reinkommt, würde man's nie mer-
ken. Es gibt auch andere, so wie die hier. Eine hatte immer
ein Hinterzimmer. Nur für Soldaten. Nicht für Schlitzaugen.
Tut mir leid, so reden die da. Ich bin ein paarmal dort gewesen, hab' mich aber nur hinten umgeschaut.

In einer von diesen Bars hab' ich diesen Vorbeiflieger
kennengelernt. So nennen die Jungs da drunten die Air-
Force-Piloten, ›Vorbeiflieger‹, weil das genau das ist, was
sie gewöhnlich machen, wenn man sie das nächste Mal wieder trifft, glatt vorbeifliegen, ohne sich dran zu erinnern,

daß man's zusammen gemacht hat – gewöhnlich sagen die nicht mal Hallo.

Dieser bewußte Vorbeiflieger hieß Todd Griffes und kam aus einer Soldatenfamilie. Die Familie kam ursprünglich aus Süd-Florida, aber er war auf allen Stützpunkten der Welt großgeworden. Vor allem im Osten, da sein Vater ein Marine gewesen war. Also, Todd nahm mich in so ein Heim mit, und wir trieben's ein paarmal, was okay war, aber nichts Besonderes. Aber bei mir ist er nie vorbeigeflogen. Er ist immer stehengeblieben und hat versucht, mich wieder in die Kiste zu kriegen. Und das war ja ganz nett.

Nicht so nett war, daß er immer pleite war. Nie hatte er genug Geld, schnorrte immer. Einmal hing ich einfach so im Soldatenkasino rum und versuchte, 'n Gratisferngespräch mit meinem Opa Loguidice zu führen, da sehe ich Todd Griffes auf mich zukommen. Ich denk' schon: ›Er will mich anpumpen‹. Statt dessen lädt er mich zu 'nem Drink ein. Er war gerade vier Tage weg, und am nächsten Tag fliegt er nach Guantànamo zurück. Ich warte immer noch drauf, daß er mich anpumpt, und als er's nicht tut, frage ich schließlich, warum nicht.

Es stellt sich raus, daß er sich in Saigon was verdient hat. 'ne Menge. Und womit? Mit Tanzen. Genauer gesagt, mit Striptease in so 'nem schwulen Schlitzaugenschuppen namens Bubbles Dao's. Todd erzählt mir alles. Man tanzt auf so 'ner runden Plattform in der Mitte des Raums, und alle Schlitzaugen beugen sich über die Absperrung drumrum und versuchen, nach einem zu schnappen. Währenddessen tanzt du nicht nur, sondern du holst dir auch einen runter. Und dafür zahlt Bubbles Dao hundert Dollar pro Minute!«

»Du machst Witze«, unterbrach ich.

»Ich war mir sicher, daß Todd Witze macht. Mich verarscht, weißt du, weil ich ihm 'n Korb gegeben habe. Ich frag' ihn also, wie man da hinkommt und wie man den Besitzer erreicht und ob ich da hingehen und Geld verdienen könnte und alles. Ich hab' echt drauf gewartet, daß Todd zugibt, daß er mich verarscht hat. Aber er blieb dabei. Er bot mir sogar an, mir den Schuppen zu zeigen und mich Bubbles Dao vorzustellen.

Es wurde schon spät, und ich dachte mir, daß es vielleicht ganz nett wäre, die Nacht mit Todd zu verbringen. Er war nicht toll im Bett oder so, aber wenigstens wußte ich, was mich erwartet. Also bot ich es ihm an. Und Todd gibt mir'n Korb. Nicht böse gemeint, sagt er, aber seine nächste Ladung wird er über 'ne Bande von Schlitzaugen im Bubbles Dao spritzen und für den Spaß dreizehn-, vierzehnhundert Mäuse kassieren. Wenn ich wollte, könnte ich mitkommen.

Ich ging mit. Der Schuppen war in den Vierzigern ein Spielkasino gewesen. Es lag abseits der Hauptstraße, hatte einen ziemlich großen, achteckigen Hauptraum mit Nischen an einigen Wänden und Bars an den anderen. Im großen Mittelraum war eine Tanzfläche mit farbigen Lichtern und ein paar Schlitzaugenpaaren, die Foxtrot tanzten. Die meisten von ihnen steckten in Anzügen, ein paar in Uniform, und die Uniformen, die wir halb versteckt in den dunklen Nischen entdeckten, waren ziemlich hohe Tiere der vietnamesischen Armee. Sehr wenige Amis, also fallen wir überall auf, kaum daß wir reinkommen. Todd führt mich zur Bar in der Mitte, wo diese echte Transe halb im Fummel – du weißt schon, Make-up, Damenfrisur und Bluse, aber er ist'n Kerl! – als Bubbles Dao vorgestellt wird.

›Du mir bringen neuen Boy?‹ ist das erste, was er fragt, als er mich sieht. Todd sagt nein. Aber wir sind Kumpel, und er will mir den Schuppen zeigen. Bubbles Dao will, daß ich auftrete. ›So hübsch. Wie Tony Curtis!‹ sagt er immer wieder.«

»Du siehst kein bißchen wie Tony Curtis aus!« widersprach ich.

»Egal, als ich mich umdrehe, ist Todd weg. Fünf Minuten
später erscheint er auf der Plattform, die langsam aus einem
Loch im Fußboden in der Mitte der Tanzfläche aufsteigt.
Die Absperrung geht auch hoch. Gerade rechtzeitig. Denn
es sieht so aus, als würde jedes einzelne Schlitzauge sich
draufstürzen. Die Lichter werden dunkel, die Spots richten
sich auf Todd. Theaterscheinwerfer. Plötzlich ändert sich
die Musik. Todd trägt so eine Art Kampfanzug, Arbeitsho-
sen, Ausrüstung, alles, nur kein geladenes Gewehr. Er fängt
an, sich zu drehen und zu strippen. Als er das Hemd aus-
zieht, hat er ein verschwitztes Unterhemd drunter, und jedes
einzelne Schlitzauge in dem Schuppen stöhnt auf. Als er
seine Hose aufmacht, seufzen sie. Als er sie runterzieht und
an seinen Schwanz faßt, keuchen sie und johlen. Als der
dritte Song anfängt, ist er nackt bis auf die Stiefel und die
Mütze, und er fängt an zu wichsen. Obwohl die kleine Plattform sich langsam dreht und trotz der Absperrung strecken
sie alle die Hände aus, so daß sie von Zeit zu Zeit, je nach
dem Winkel, seine Beine streicheln, die Stiefel, gelegentlich
sogar seinen Hintern, den Todd manchmal für sie raus-
streckt, damit sie ihn erreichen – gerade mal so.

Ich hab' dir schon erzählt, daß Todd im Bett langweilig
war. Also, in Bubbles Daos Schuppen ist er Marilyn Mon-
roe und Paul Newman und Sally Rand und Elvis in einer
Person. Ich habe noch nie so 'ne heiße Nummer gesehen.
Ich kriege sofort einen Ständer, wie ich Todd so zusehe.
Und ich bemerke kaum, daß Bubbles Dao mir an den Oberschenkel faßt, während er weiter über Todds Nummer redet,
und daß ich das auch machen sollte, daß er mir ein Outfit
und die richtige Musik dazu verpaßt und alles.

Als Todd kommt, brüllt er wie'n Kerl beim Rodeo, und
alle Schlitzaugen brüllen mit, und er macht, was er gesagt
hat, er spritzt sie mit seiner Sahne voll, und sie grabschen
danach. Es ist total animalisch und das schärfste Ding, das

ich im Leben je gesehen habe. Die Schlitzaugen betteln immer noch um mehr, als die Plattform mit Todd darauf, der mit gespreizten Knien auf den Fersen sitzt, wie ein Rock-Gitarrist, der gerade das wildeste Solo gespielt hat, nur daß Todd anstatt einer Bassgitarre seinen Schwanz hält.

Ich fand also Todd in seiner Garderobe, und ich war so geil, daß ich ihn einfach an Ort und Stelle durchgefickt habe, obwohl ich mir sicher bin, daß Bubbles Dao und noch so 'n paar Schlitzaugen durch die dünnen Bambuswände zugeschaut haben.

Als wir gingen, sagte Bubbles Dao noch einmal, ich sollte wiederkommen. Jederzeit, und für ihn arbeiten. Er hatte sich schon 'ne Nummer für mich ausgedacht.«

»Bist du zurückgegangen?« fragte ich, obwohl ich die Antwort schon wußte.

»Ich bin nicht nur zurückgegangen, ich wurde Bubbles Daos Star«, sagte Matt. »Jedesmal, wenn ich Ausgang hatte, machte ich zwei, manchmal drei Shows am Tag. Ich machte Soldaten- und Cowboynummern und Bauarbeiternummern und Surfernummern, und ich hab' sie gekriegt. Er mußte mir zweihundert Dollar pro Minute zahlen. Und manchmal machte ich's für besondere Gruppen, kleinere Gruppen mit Frauen dabei, für dreihundert die Minute, Leute, die blieben, wenn ich sie vollgespritzt hatte und ich ihn weiterwichste und die stehenblieben, wenn ich sie mit Pisse vollgespritzt habe.«

»Es scheint dir gefallen zu haben«, fragte ich, wobei ich mir diesmal der Antwort nicht sicher war.

»Ja. Nein. Manchmal… Das Geld hat mir gefallen. Die Aufmerksamkeit hat mir gefallen. Im Scheinwerferlicht zu stehen. Um die kleineren Sondervorstellungen hab' ich mich nicht so gerissen, obwohl die besser bezahlt wurden. Was ich mochte, war Tanzen, Strippen, Abspritzen für all diese Kerle, ihre Hände und Gesichter und Münder zu sehen und zuzusehen, wie manchmal hundert und mehr, in fünf oder sechs Reihen zu einer Person wurden, zu einem Sexpartner, auf dem ich spielen konnte wie auf einem Instrument.

Und auch dann hab' ich aufgehört, als ich zwanzigtausend Dollar zusammen hatte. Das war mehr, als ich bei der Marine in einem Jahr verdiente. Nein, das ist gelogen. Eine Show hab' ich noch gemacht. Mit Todd, Rücken an Rücken und Seite an Seite auf der winzigen Plattform. Meine Abschiedsvorstellung.

Ich nehme an, sie hatten gehört, daß es die letzte sein würde, denn es wurde der Wahnsinn. Die Schlitzaugen rissen die Absperrung ein, um sich auf uns zu stürzen. Aber weißt du, die Typen vorne, die, die durchbrachen, haben überhaupt nichts gemacht. Die knieten sich nur um uns herum. Reihe um Reihe mit diesen vietnamesischen Kerlen, die alle von Amerikanern wie uns träumten, die ihr Land besetzt und übernommen hatten. Und da waren sie, Reihe um Reihe in einem weiten Kreis, und knieten um uns und schauten zu uns auf. Glaubst du, Amerikaner hätten das gemacht? Todd sagte nein, er sagte, als die Absperrung runterkrachte, habe er gedacht, jetzt sei alles vorbei. Amerikaner hätten uns in Stücke gerissen.

Bubbles hat es nie zugegeben, aber ich bin sicher, zu meinen Shows kamen einige hohe Tiere Bei diesen Shows war ich immer total in Marinesklamotten Und sobald ich aus Bubbles Dao's draußen war, hatten die meisten von den vietnamesischen Militärs, die ich drinnen vollgespritzt hatte, einen höheren Rang als ich... Was für ein verrückter Krieg!«

DIE ZUGFAHRT

Matthew Rettenmund

Es war eiskalt, als er Little verließ – so kalt, daß Karl erstaunt war, daß seine eingefrorenen Gelenke ihn die Trittleiter hinauf und in den Zug trugen.

Er machte Halt und drehte sich um, als wolle er seinen Eltern ein letztes Lebewohl zuwinken.

Karl war ein ›Arier‹ wie aus dem Bilderbuch, ein so beängstigend reines Abbild, wie es ein halbes Jahrhundert früher der letzte, wirre Gedanke im Ungeist Hitlers hätte gewesen sein können. Er war blond, so blond, daß sein Haar fast weiß war, kurzgeschoren und ohne Schatten. Selbst jetzt, im düsteren Eingang des Zuges, ließ es keinerlei Schattierung erkennen. Wäre jemand hinter Karl eingestiegen und hätte den Jungen jetzt direkt angeschaut, hätte er gesehen, daß die Augen, die aus der Entfernung technicolorblau zu sein schienen, in Wirklichkeit aus nächster Nähe gesehen transparent waren. Nur Karls Wangen und Lippen wiesen wirklich Farbe auf, die einen rosa wie von einem kräftigen Klaps, die anderen bonbonrot, als hätte er damit auf der Fahrt hierher methodisch einen Kirschlolly dezimiert.

Karls Eltern hinter der Sperre sahen aus wie Scherenschnitte. Sie wirkten jetzt recht harmlos, hinter Maschendraht. Aber sie waren *nicht* harmlos; sie mißhandelten Körper, Geist und Seele. Und sie unterdrückten Karls Freiheit.

Karl Eltern hatten zu winken aufgehört, sobald er sich in einen Scherenschnitt verwandelt hatte, und wurden nun vom Abschiedsblick ihres Sohnes ertappt.

Ihr winkt gar nicht mehr, klagten Karls Augen sie an, selbst als er mit einem dünnen Lächeln sein Gepäck aufnahm. *Auf Wiedersehen.*

»Einsteigen, mein Sohn«, sagte ein alter Knacker von drinnen. Eine Minute zuvor hatte der Knacker – der Schaffner – sich über zwei ältere schwarze Frauen lustig gemacht, die auf den allerersten Sitzen gleich beim Eingang saßen und ihre erste Bahnfahrt machten. Karl hatte gehört, wie er sie geneckt hatte, worauf sie gekichert hatten wie kleine Mädchen. Zu Karl sprach der Schaffner mit einer anderen, sanfteren Stimme. Er benutzte eine Sprache, die von Karls Jugend besänftigt schien, als ob der Schaffner sich nach der eigenen zurücksehnte oder daran erinnerte.

Karl war am gleichen Tag vor achtzehn Jahren um 4 Uhr 49 nachmittags zur Welt gekommen, nach langer, schmerzhafter Arbeit, wie man ihm gesagt hatte. Er schaute auf die Uhr: 4 Uhr 48 und fünfzig Sekunden. Da der Zug sich leicht verspätet hatte, hatte er den genauen Zeitpunkt seiner Geburt mit dem Einsteigen zugebracht. Seine Mutter hatte ihm vor einigen Stunden pflichtbewußt einen Geburtstagskuchen zugesteckt, aber er war erst in diesem Augenblick achtzehn, genau jetzt, als er sich umwandte und die restlichen Stufen erklomm.

Karl bezweifelte, ob er seine Eltern je wiedersehen würde, nicht weil die Universität so weit entfernt war, nicht weil er annahm, sie würden sterben, sondern weil er die Absicht hatte, ihnen aus dem Weg zu gehen, so wie er der Realität immer aus dem Weg gegangen war.

Sie würden zu drastischen Mitteln greifen müssen, wenn sie ihn wiedersehen wollten, und vielleicht etwas verkaufen müssen, um sich die Fahrt leisten zu können. Sie hatten das

Geld für den billigen Wollmantel nicht gehabt, den Karl jetzt von den Schultern streifte, und sie würden auch das Geld für einen Tagesausflug nicht haben.

Ihm wurde warm, als er auf der Suche nach einem freien Sitzplatz durch den engen Mittelgang stolperte.

Es gab eine Menge Plätze. Schließlich war dies die erste von vielen Stationen. Man konnte nicht wissen, wie voll der Zug werden würde, aber vorläufig machte Karl es sich zwei Abteile vom Eingang entfernt bequem: in einem Abteil mit drei weiteren Passagieren – drei Männern, die von der Tür abgewandt saßen. Der Mantel lag neben Karl, die Taschen waren mit Gummibändern in der Ablage über seinem Kopf festgezurrt.

In den beiden großen Taschen befand sich alles, was er besaß, außer den Sachen, die ihm einst gehört und die er zu Hause gelassen, aufgegeben hatte. Jeder einzelne Dollar, den er besaß, war in seiner Tasche. Es war eine Menge Geld für einen armen Jungen. Sogar für einen wohlhabenden Jungen. Er hatte seine ganze Jugend dafür gearbeitet, und zusammen mit Stipendien und Darlehen würde es ihn durch die nächsten vier Jahre seines Lebens bringen. Es gab in den Neunzigern nicht viele Jungs, die sich das College selbst finanzierten, aber Karl hatte keine andere Wahl.

Er ließ sich in die Ecke eines Fensterplatzes zurücksinken und streckte seine langen Beine diagonal aus, so daß seine Schuhspitzen nur wenig in den Mittelgang ragten. Er schlug die Arme übereinander und wünschte sich, mehr angezogen zu haben, als nur ein dünnes Hemd mit Kragen und eine Weste: Klimaanlage sogar an diesen kühlen Tagen mitten im September.

Der Zug fuhr an mit dem Tschu-tschu-tschu seiner Maschinen.

Karl schreckte hoch. Neben ihm war ein Mann. Karl erstarrte. Es kam ihm vor, als falle er aus großer Höhe.

Die Zugfahrt

Bin ich eingeschlafen?

Szene. Der Mann kniete auf auf Karls Mantel, den Ballen seines rechten Fußes abgestützt, während der andere Fuß vor dem Sitz auf dem Boden stand. Er war so groß wie Karl – hochgewachsen, schlank, breitschultrig – und schien dennoch gewaltig über ihm aufzuragen, während er Karl so anstarrte, nicht in die Augen, sondern auf die Beine.

Empfindungen. Karl bemerkte, daß die großen Hände des Mannes seinen rechten Oberschenkel gepackt hielten und sein Bein durch die ausgebleichten Jeans sanft kneteten, als wolle er den Reifegrad einer Nektarine prüfen. Der Mann fuhr fort, Karls Schenkel zu bearbeiten, indem er seine Finger zwischen die eng zusammengepreßten Beine steckte und sich in den Spalt grub.

Karl glaubte zu träumen, und sein Blick war wie von Gaze verschleiert, aber er träumte nicht. Noch war es wirklich Realität.

»Was machen Sie da?« Karl war schockiert von der Vernunft in seiner Stimme. Nach einem anfänglichen, wachrüttelnden Nebel hatte Karl im Geist beschlossen, Krach zu schlagen, den Mann wegzustoßen und zu beschimpfen, die Aufmerksamkeit der anderen drei Passagiere im Abteil zu erregen... *Ist er einer von den drei anderen Passagieren? Sehen die anderen Passagiere nicht, was hier passiert?* Aber statt dessen eine ganz einfache Frage: »Was machen Sie da?«

Es war keine Reaktion aus Furcht; wenn es eines gab, dessen Karl sich sicher war, als er seine Taschen gepackt und den Zug bestiegen hatte, dann das, daß er schwul war. Wenn es aber noch etwas Sicheres gab, dann das, daß er noch nicht bereit war, schwul zu sein.

Der Mann ließ nicht von Karl ab, sondern fuhr mit den Fingern im Schritt von Karls Jeans auf und ab und drückte zu, als erwarte er, die Nähte würden platzen.

Der Fremde schaute zu Karls Gesicht auf und grinste dreckig. Er hatte dunkles, lockiges Haar, das beinahe seine Ohren bedeckte, einen Spalt zwischen den Vorderzähnen und sehr buschige Augenbrauen. Er war trotz der Eigenheiten, die Karls versnobte kleine Schwester vielleicht bemängelt hätte, ausgesprochen hübsch, attraktiv. Er sah aufs i-Tüpfelchen aus wie Karls erster heimlicher Schwarm, ein Junge namens Eddie, der Karl die ganze Oberschule hindurch an der Nase herumgeführt hatte, nur um ihm die kalte Schulter zu zeigen und seine Avancen mit Gewalt zurückzuweisen. Karl hatte geflennt, als Eddie *ein anderes* Mädchen zum Schulball mitgenommen hatte, während er sich gleichzeitig den Grund seiner Enttäuschung zu verleugnen versuchte: Eifersucht.

Ich wollte, daß er mich mitnimmt.

»Ich bereit' ihn für dich vor«, sagte der Mann mit einer so heiseren Stimme, wie Karl noch nie eine in Little, Minnesota, gehört hatte. »Du wirst…«

Karl bemerkte, daß sein Glied steif war, daß es schmerzte, als sich die Hand des Kerls über die Beule in seiner Jeans legte.

»… es mögen.«

Ja. Ich mag es. Ich mag mich so. Es kam ganz plötzlich, und Karl wußte, er würde nicht kneifen. Er war sich sicher, er würde weder den Mann wegstoßen, wie Eddie ihn weggestoßen hatte, noch würde er nach dem überfreundlichen Schaffner rufen, und er würde sich auch nicht darum scheren, ob die anderen Reisenden das Spektakel mitbekamen und erkannten, daß es hier um Sex ging, und Alarm schlagen würden.

Karl war eine achtzehnjährige Jungfrau, und nichts, *nichts* hätte ihm gelegener kommen können.

Das hier war kein Traum.

Der andere Kerl, dieser Doppelgänger von Eddie, öffnete

den Reißverschluß von Karls Jeans und zog sie ihm bis zu den Knien herunter. Für Karl war es das geilste Gefühl der Welt, und er mußte unwillkürlich an seine hastigen Wichsrunden im Keller zu Hause denken, wenn er behauptete, er suche nach alten Schulaufzeichnungen, was gerade so lange dauerte, um gegen die feuchten, tapezierten Wände zu ejakulieren und danach aufzuwischen, bevor seine Eltern Verdacht schöpften.

Karl trug weiße Unterhosen, brandneue, die seine Mutter ihm als Ersatz für diejenigen gekauft hatte, die er achtlos jahrelang getragen hatte. Sein Schwanz ragte, aufgebläht und heiß tröpfelnd, aus dem Schlitz. Er schwang im Rhythmus des Zuges und hüpfte im Takt des Tschu-tschu-tschu-tschu.

Zu sehen, *daß* ein anderer Mann ihn nackt und erregt sah, war für sich schon fast zu viel. Karl keuchte, zappelte, um seine heruntergelassene Jeans besser an den Schenkeln und den kunststoffbezogenen Sitz an der Haut um seine Unterhose herum spüren zu können... Der Eddietyp zog Karl nicht mal die Unterhose aus.

Karl stöhnte, als Eddies Fingerspitzen an seinem Schwanz entlang und um ihn herum fuhren, keuchte, schloß die Augen und bleckte die Zähne vor Lust.

»Nein«, sagte Eddie sanft, »*schau hin!*«

Karl blinzelte durch die Wimpern, während Eddie seinen eigenen steifen Penis herausfischte, ihn starr nach vorn hielt und ihn genau auf die gleiche Art streichelte wie mit der anderen Hand den von Karl.

»Ich will, daß du *zusiehst.*«

Ich bin bereit.

Karl sah. Er beobachtete zwei Hände, die zwei knallrote Ständer wichsten, lauschte den Geräuschen klebrig-feuchter Masturbation, roch Sex, auch ohne Penetration. Der andere kam als erster und schoß weiße Soße über Karls Bauch, wo

sie im dunkel gewordenen Waggon schimmernd liegen-
blieb. Trotz Abspritzen wurde Eddies Hand kein bißchen
langsamer; wenn überhaupt, dann kam Eddie einfach nur
aus dem Rhythmus und wichste Karl ohne Sinn und Verstand, so daß Karl einfach nicht anders konnte, als in un-
kontrollierbarer Explosion…

»Oh Gott!« schrie Karl. Er versuchte, wie angewiesen die
Augen offenzuhalten, war aber dazu unfähig und schloß sie
genau in dem Moment, als ihm sein eigenes Sperma auf die
Lider, das Grübchen über seinen Lippen und wie ein Was-
serfall auf die Brust klatschte. Ihm war, als sei er in Brand
gesetzt worden, eine allumfassende Lust, die ihm jeden einzelnen Knochen im Leib durchrüttelte; es war weit intensi-
ver als alles, was er je eigenhändig zustande gebracht hatte,
wie ein Erdbeben. Jedes Poltern, mit dem der Zug über alte
Gleise fuhr, verstärkte nur noch das Gefühl, körperlich
durchgerüttelt zu werden, und das alles nur bewirkt durch
die wirksamen Manipulationen der Hand eines anderen
Burschen.

Karl öffnete die Augen, sobald Eddie sie abgewischt und
das Sperma mit dem Hemdsärmel aufgesaugt hatte. Karl benutzte ein kleines Kissen, auf dem er gesessen hatte, um den
Rest aufzuwischen, wobei er beim Duft von Eddies Samen,
der sich mit seinem eigenen mischte, erschauerte.

Eddie grinste wieder in alter Form. »Hat's dir gefallen?«
fragte er.

»Ja, und wie«, flüsterte Karl, der auf einmal fürchtete, sie
würden ertappt werden, nachdem sie fast damit durchge-
kommen waren. Eddie beugte sich nach vorn und küßte ihn,
rieb seine Lippen an Karls und kitzelte sie mit der Zunge.
Es war Karls erster Kuß.

Außer, daß es natürlich überhaupt nicht Eddie war, sondern nur ein Typ, der ihm irgendwie ähnlich sah.

Und dann war er weg.

Die Zugfahrt

Karls Herz pochte lauter als das Schnaufen des Zuges. Er hatte das spermabefleckte Kissen unter den Sitz geschoben, seine Weste ausgezogen und bemühte sich, die feuchten Flecken auf seiner Kleidung zu verbergen und für den Fall, der Schaffner käme vorbei, so zu tun, als hinge kein Geruch in der Luft. Ein schneller Blick über die Sitze hinweg zeigte, daß am anderen Ende des Waggons jetzt nur noch zwei andere Personen saßen. *Sie konnten es unmöglich überhört haben!* Karl schämte sich, schämte sich und fürchtete, daß die anderen Passagiere alles gesehen hatten und empört über die beiden Homosexuellen waren, die sich am anderen Ende des Waggons gepaart hatten. Es würde die Runde machen, und man würde Karls Eltern informieren. Er würde nie wieder nach Hause zurückkehren können; auch wenn man einen Erwachsenen voller Zukunftspläne nicht bestrafen konnte, sie würden es *wissen*, alle würden es *wissen*.

Aber diesmal machte ihm diese alte Litanei keine angst. Er fühlte, wie er sich entspannte und wie sein Herz wieder langsamer schlug.

Ich bin schwul, ich bin schwul, ich bin schwul.

Es machte nicht mehr so sehr den Eindruck eines schändlichen Geheimnisses.

Karl rollte sich auf seinem Platz zusammen, preßte seine rosige Wange gegen die kühle Fensterscheibe und schaute zu, wie Minnesota an ihm vorbeiraste. Irgend etwas an der Landschaft, am Zug stimmte nicht.

»Lutsch mich.«

Karl war wieder wach, zum zweiten Mal, bevor ihm bewußt wurde, daß er eingeschlafen war.

»Lutsch mich.« Karl wurde von der Stimme ebenso geil wie von den Worten, da sie ihn an seinen zweiten Schwarm, den Vater seines besten Freundes Al, Mr. Dereksen, erinnerten. Auf dem Sitz neben ihm kniete ein zweiter Typ, und der Dunkelheit nach zu urteilen, mußte es sehr spät abends sein. Von zwei Plätzen vor ihnen leuchtete eine Leselampe, hell genug, damit Karl sehen konnte, daß der hier ein älterer Mann war, sogar alt genug, um sein Vater zu sein, so Ende dreißig. Er hatte eine breite Brust, die mit sandfarbenem Haar bedeckt war – *Wo ist sein Hemd?* –, und seine Erektion war groß, unglaublich groß, größer als Karl es sich je hätte träumen lassen. Sie schmiegte sich an den weichen Bauch des Mannes, und seine Eier lagen fast auf Karls Knie. Die Jeans des Mannes war halb heruntergezogen.

»Lutsch mich. Lutsch meinen Schwanz.« Die Stimme klang wie das wenig väterliche Grollen von Mr. Dereksen, aber das wettergegerbte Gesicht des Mannes und sein Kinn mit dem Grübchen waren sinnlicher als der sinnliche Mr. Dereksen. Karl erinnerte sich an den Blick in Mr. Dereksens Augen, als er ihn gesehen hatte, wie er nackt in sein Badezimmer gegangen war. Al hatte seinen Vater nicht bemerkt, da er viel zu sehr in ein Schachspiel vertieft gewesen war, um zu sehen, daß Karl über den Flur hinweg einem wesentlich älteren Mann in die hungrigen Augen gestarrt hatte, einem Mann, der, wenn er wollte, seine Frau ficken konnte, der statt dessen aber lieber Karl über den Flur hinweg in die blauen Augen gestarrt hatte.

Ohne länger nachzudenken, sank Karl auf die Knie, stützte sich mit dem Ellbogen auf dem Sitz ab und packte die Erektion des Mannes. Der Mann seufzte und bewegte die Hüften, und Karl zerrte an dem widerspenstigen Glied, bis die fette Eichel an seinen Lippen lag. Er konnte den Schweiß des Mannes riechen, der wie ein dreimal benutztes Handtuch im Sportunterricht oder der Jockstrap roch, den er seinem Spindpartner geklaut und den er sich im Keller übers Gesicht gezogen hatte. Der Duft war zu stark gewesen und hatte Karl so erregt, daß er Angst bekommen hatte. Jetzt hatte er keine Angst mehr, nur noch *Hunger*.

Karl spitzte seine feuchten Lippen und stülpte sie über die Eichel des Mannes und um sie herum, dann leckte er ihre Unterseite, bis sie tröpfelte. Er versuchte, die Kuppe zu schlucken, aber sie war noch zu trocken. Er ließ seine Zunge über ihr kreisen, bis die Eichel ihm in den Mund hineinglitt, und dann lutschte Karl wie von Sinnen.

»Ja«, grunzte der Mann, wobei er versuchte, Karl seinen Schwanz noch tiefer in den Mund zu schieben. »Leck mich, lutsch weiter, genau so, Junge, Lutsch den Schwanz, Junge…«

Karl nickte und drückte den großen, gebogenen Penis nach unten, damit er ihn immer weiter schlucken konnte. Seine Lippen fingen an, sich gegen seine eigenen Finger zu pressen, die gierig die Wurzel umklammerten. *Oh Gott, ich saug' alles rein, ich schluck' den großen Schwanz von Mr. Dereksen tief runter!*

Überwältigt hörte er auf und ließ das harte Glied herausgleiten und laut gegen Mr. Dereksens Bauch klatschen. Er war aber noch nicht fertig, sondern machte nur eine Pause, um die Eier des Mannes zu lecken. Karl, der sich schon immer gefragt hatte, wie schön es wohl wäre, die Eier geleckt zu bekommen, hatte sich schmutzig gefühlt, als er einmal darüber nachgedacht hatte, seinen Hund dazu zu kriegen. Es war kaum zu glauben, aber jetzt kam es ihm vor, als sei es befriedigender, es zu *tun*, als wenn es *ihm* einer machen würde.

Seine Zunge erschien ihm wie ein empfindsamer Penis, der unter Strom steht, als sie über Schamhaare streifte und die Eier des Mannes in gemächlichen Kreisen befeuchtete. Karl schob seine Zunge in die feuchte Vertiefung zwischen dem behaarten Sack und dem Innenschenkel, dann weiter hinein, bis das ganze Gewicht des Mannes auf seinem Knie ruhte und er das andere Bein anhob und so weit ausstreckte, daß Karl mit der Zunge noch weiter nach hinten kam.

Karl hätte es sich nie träumen lassen, das Arschloch eines Mannes zu lecken, aber seine Zunge dachte nicht daran, haltzumachen; ohne Hemmungen kroch sie einfach immer weiter die Spalte des Mannes aufwärts, um das kratzige Loch zu kitzeln. Er zwängte die Zunge ganz um Mr. Dereksens Eier herum und schmatzte laut, während er, gehüllt in den Duft eines Mannes, eines großen Mannes, Mr. Dereksens, *des Vaters meines besten Freundes*, das enge Arschloch sauberleckte.

Aber dann stieß Mr. Dereksen Karl zurück, schob Karl den Schwanz wieder in den Mund und fing an, gegen das bleiche Gesicht zu bocken, als ob er die Vagina einer Frau ficken würde, vor und zurück, ohne abzusetzen. Karl spitzte einfach seine Lippen, machte sie eng für den riesigen Prügel des Mannes, preßte die Zunge nach oben, so daß jeder Stoß über einen schlüpfrigen, rauhen Muskel führte.

»Ah, *Scheiße!*« brüllte Mr. Dereksen. *Ich habe ihn nie fluchen hören.* Aus der Schwanzspitze schoß Sperma in Karls Mund und rann ihm an den Seiten über die tropfnassen Lippen. Er saugte fest an Mr. Dereksens Penis, um immer mehr Samen herauszumelken, mehr als er schlucken konnte, und spritzte in seine brandneue Unterwäsche ab, nur wenige Stunden nachdem er alle seine übrigen Kleider beschmutzt hatte. Er hatte sich nicht ein einziges Mal auch nur anfassen müssen.

Mr. Dereksen zog seinen Schwanz aus Karls Mund und streichelte dem Jungen übers Haar. »Das war wirklich gut, Karl… das hat richtig, richtig *gutgetan*.«

Karl regte sich schwach, brach nach Luft ringend wieder in seinem Sitz zusammen und genoß den Geschmack von Sperma in seinem Mund. Er schluckte den letzten klebrigen Rest der Ladung und wünschte sich sofort noch mehr. Unter den Kleidern war er schweißgebadet. Er war so erschöpft, daß ihm kaum bewußt wurde, daß Mr. Dereksen – oder vielmehr ein Mann mit dessen Stimme – sich anzog und davonstahl.

Woher kannte er meinen Namen?

Diesmal wollte er einschlafen.

Als Karl versuchte, sich umzudrehen, um es sich bequemer zu machen, stellte er fest, daß sein Gesicht gegen das kalte Fenster gepreßt war, daß sein Arsch nackt war und jemand an seinem *nackten Arsch* herumfummelte.

Karl blickte über die Schulter in die Augen von Curtis, dem geilen Freund, den seine Cousine Alicia in diesem Sommer zum Familientreffen mitgebracht hatte. Außer, daß es nicht Curtis war; soviel konnte Karl in dem hellen Licht aus einer Glühbirne über ihren Köpfen sogar über die Schulter hinweg sehen.

»Ich wollte deinen geilen Arsch sehen, ehe ich ihn ficke«, sagte Curtis ruhig, während seine hübschen Lippen die Worte formten, die Karl sich wochenlang von Curtis erträumt hatte. Jeder auf dem Treffen hatte gewußt, daß ein geiler, dunkelhaariger Junge wie Curtis Alicia nicht ohne S-E-X davonkommen lassen würde. Curtis war zu charmant, seine Zähne zu weiß, seine Augen zu schokoladenbraun, sein geschmeidiger Körper zu fordernd mit Haarstreifen zwischen silberdollargroßen Nippeln und vom Nabel bis zur Badehose.

Karl hatte sich seiner Erektion beim Anblick dieser Badehose geschämt und war stundenlang im Teich geblieben, damit man sie nicht bemerkte. Dann war Curtis ihm in den Rücken geschwommen, hatte die Arme um Karls Hüfte geschlungen und seinen eigenen steifen Schwanz gegen Karls Arsch gepreßt und für alle anderen so getan, als wolle er nur herumalbern, als packe er Karl, bevor er ihn tunkte. Außer Karl hatte niemand hören können, was Curtis ihm ins Ohr geflüstert hatte: »Sag Alicia nichts, aber ich würde viel lieber *dich* ficken, du Klassetyp... Klassearsch...«

Karl kam sich so *verdorben* vor mit seinem hingestreck-
ten Arsch, mit Curtis, der ihm aufs Arschloch starrte und
mit seinen Arschbacken spielte und sie knetete. Er kam sich
so *verdorben* vor und so *geil*, so verdammt *geil*.

»Gefällt's dir?« seufzte Karl. »Ist mein Arsch immer
noch toll?«

»Der tollste«, lächelte Curtis, preßte ihn den Ständer in
die Spalte und stieß nach vorn.

Innerlich schrie Karl vor Schmerz auf – *Der Drecksack
hat ihn einfach ganz reingeschoben, ohne mich zu warnen.
Scheiße, Scheiße, Scheiße!* –, aber er entspannte sich, als
Curtis von hinten seinen nackten Leib umarmte und seine
tollen Lippen in die Vertiefung von Karls Nacken preßte.

»*Gott*, dastutsoweh…«, nuschelte Karl, der sich instinktiv
schon wand, damit sein Arschloch sich um Curtis Schwengel schließen konnte.

Curtis fing an, mit den Hüften zu stoßen, und Karl hatte
keine andere Wahl, als den Rücken zu krümmen, um den
Schwanz, der ihn spaltete, eindringen und die letzten Reste
seiner Unschuld hinwegfegen zu lassen.

»Fick mich, oh, *fick!*« stammelte Karl, dem der Schweiß
von der Nasenspitze tropfte, oder war es Kondenswasser
von der beschlagenen Fensterscheibe? Jeder Muskel seines
Körpers krampfte sich unwillkürlich zusammen, während
Curtis sich bemühte, das Arschloch zu lockern, um Karl in
den jungfräulichen Arsch zu ficken.

Sie fickten wie die Hunde, und es ertönte ein kaum wahr-
nehmbares Pfeifen, laut genug, damit es die anderen Passagiere hätte aufschrecken können, aber durch den engen
Spalt zwischen den Sitzen konnte Karl sehen, daß der andere Fahrgast nicht mehr da war, sondern ihn vielleicht gerade mit wildem Eifer in den Arsch vögelte.

Als Curtis kam, packte er mit den Fäusten Karls Brust
und zwirbelte ihm instinktiv die Titten, während sein

Sperma in Karls wunden Hintern schoß. Zum dritten Mal an einem einzigen Tag – eine Leistung, die zu bringen, Karl alleine noch nie den Drang verspürt hatte – verschwamm die Welt vor Karls Augen, und er versank in einem langen, überwältigenden Orgasmus und überschwemmte zu Curtis' letzten wilden Stössen, die sonderbarerweise mit dem Rhythmus des ruckelnden Zuges einhergingen, seinen Sitz mit Spermaschwällen.

Als Curtis herauszog, blieb Karl auf allen Vieren, gestattete Schweiß und Samen, ihm über die Hoden zu rinnen und der frischen Luft, seinen roten Anus zu kühlen.

»Zeit zum Aussteigen, mein Sohn.« Die väterlichen Worte des Schaffners weckten Karl auf, und einen kurzen Augenblick lang fürchtete er, der Schaffner würde der Vierte sein, der ihn in einer einzigen Nacht zum Sex verführte. Aber der Schaffner ging weiter, und Karl atmete erleichtert auf. Er war erschöpft, alles tat ihm weh, und er sah fürchterlich aus. Er hatte sich – irgendwann – umgezogen, eine andere Jeans und ein weites, graues T-Shirt aus einer der Taschen über seinem Kopf. Die Luft roch schwer nach Moschus, nach Sex. Karl fühlte sich davon selbst jetzt, Stunden später, noch betäubt.

Karl stand auf, nahm seine Sachen und bereitete sich zum Aufbruch vor. Drei weitere Männer taten das gleiche. Eddie, Mr. Dereksen und Curtis. Nur daß sie es nicht wirklich waren, nur drei sehr ähnlich aussehende Männer.

Als Karl aus dem Zug stieg, spürte er einen fremdartigen Stich in der Brust – Freiheit. Oder war es seine neugeborene Männlichkeit, die hinter seinen Schläfen hämmerte?

Er fragte sich, wie er die zwei Meilen bis zur Universität mit seinen ganzen Taschen beladen zu Fuß schaffen sollte. *Ich bin jetzt ein Mann,* dachte er, *ich muß von jetzt ab mit solchen Sachen alleine fertig werden.*

»Du kennst dich wohl hier nicht aus?«

Die Stimme kannte er nicht und auch nicht das Lächeln des Kerls oder seine grauen Augen oder das sandfarbene Haar. Der Typ, der Karl angesprochen hatte, sah niemandem ähnlich, den Karl von Little kannte. Wenn überhaupt, dann erinnerte er Karl an sich selbst. Aber nur kurz. Als er weitersprach, verflog der Zauber, und Karl stand einem völlig neuen Menschen gegenüber.

»Ich bin auf dem Weg zur Uni, falls du jemanden brauchst, der mit dir geht«, sagte der Typ freundlich, wobei er eine prall gefüllte Sporttasche auf der breiten Schulter zurechtrückte. Er sah weich aus, als hätte er noch nie körperliche Arbeit wie Karl zu leisten gehabt. Wahrscheinlich finanzierten seine Eltern sein Studium an der Universität. Er hatte Lachfalten, mit denen er die Wahl zum Klassenclown hätte gewinnen können. Aber es war auch etwas an ihm, das Karl dazu antrieb, einen guten Eindruck machen zu wollen.

Karl spürte, daß er Auge in Auge seinem ersten – vielleicht lebenslangen – Lover gegenüberstand.

»Klar. Dort muß ich auch hin«, sagte Karl mit Schmetterlingen im Bauch.

»Cool. Dann nichts wie hin, ehe wir die Einschreibung noch ganz verpassen.«

Karl und der Typ – David – machten sich auf den Weg zur Universität, anfangs bemüht, Konversation zu machen, dann herumalbernd, als seien sie seit Jahren die besten Freunde.

Im Laufe der Monate – und Jahre – fragten die Leute Karls Eltern, wie es ihm gehe, und waren entsetzt, wenn die beiden mit den Schultern zuckten. Mr. Dereksen erkundigte sich bei der örtlichen Apotheke, und ein junger Mann namens Curtis schickte eine »Wie geht's?«-Postkarte an Karl, aber beide erhielten nur vage Antworten. Mann und Gattin vergaßen irgendwann den Sohn, so daß sie Jahre später, als ein verlotterter Gammler namens Eddie sie anrief, um zu erfahren, wie es Karl ginge, einfach leugneten, daß es ihn je gegeben habe.

Karl sah seine Eltern nie wieder, aber sie fehlten ihm auch nie. Der einzige Mensch, der ihm je wieder fehlte, war David. David fehlte ihm jeden langen Sommer, wenn er zu seiner Familie zwei Bundesstaaten weiter fuhr, bis zu dem Sommer nach dem Examen, als Karl David nach Hause begleitete. Sie bauten sich ein Haus in der Nähe des Hauses, in dem David aufgewachsen war, und Karl, der ursprünglich der erste Sohn von jemandem gewesen war, wurde zum zweiten Sohn von Davids Eltern.

Karl erzählte David nie von den Erlebnissen auf der Zugfahrt zur Universität und versuchte auch nicht, lange über diese unwahrscheinliche Reise nachzudenken. Aber sein neues Zuhause war keine zwei Meilen von einem Bahnhof entfernt, und jedesmal, wenn er die ratternden Gleise und das schwache Pfeifen hörte, hielt er David fest, als wolle er ihn nie wieder loslassen, und sagte ihm, sagte ihm, wie sehr es ihm gefiel.

AUTOSTOP

Scott Robbins

»Nimm keine Anhalter mit«, sagte Vater immer. Natürlich hätte Vater mir auch gepredigt, keine Schwänze zu lutschen, mich nicht tätowieren zu lassen und keine abartigen Sachen mit andern Jungs anzustellen. »Geh zur Schule, such dir einen guten Job und heirate«, war Vaters Motto. Ich bin sicher, er meinte es gut, aber ich habe seine guten Ratschläge mißachtet, seit mir klar wurde, daß Jungs besser aussehen als Mädchen. Jetzt habe ich einen Mann, den ich liebe und den ich Daddy nenne. Auf ihn höre ich viel öfter, als ich je auf meinen Vater gehört habe. Einmal sind seine Ratschläge besser. Und außerdem gefällt es Daddy, daß ich ein perverser, kleiner Schwanzlutscher bin.

»Viel Spaß«, sagte Daddy, »und komm mit einer Menge Geschichten aus New York zurück.« Ich war noch nie in New York gewesen, und eine Arbeitskonferenz schien eine guter Anlaß zu sein. Daddy und ich leben auf einem Stück Land in Virginia, außerhalb von Lynchburg, auf der Straße nach Appomatox. Daddy ist auf der Farm geboren und aufgewachsen und hat, abgesehen von seinem Wehrdienst in Vietnam, immer dort gelebt. Sie liegt nur eineinhalb Stunden jenseits des Autobahnrings, aber so wie wir leben, könnten es auch Tage sein.

Autostop

Ich arbeite stundenweise bei einem Grundstücksmakler und führe Yuppies aus Washington herum und zeige ihnen geschichtsträchtiges Land, das zum Verkauf steht. Die richtige Arbeit ist aber zu Hause, wo ich Daddy helfe, die Farm am Laufen zu halten. An den meisten Wochenenden im Jahr stellen wir den Bürgerkrieg nach. Richtig gelesen: Ich, Mrs. Feinsteins kleiner Donald, bin ein Soldat in General Lees Armee in Nordvirginia. In ein paar Jahren wird Daddy wahrscheinlich selbst den General spielen. Er hat das gleiche befehlsgewohnte Auftreten wie man es auf Fotos von Robert E. Lee sieht.

Wir lernten uns im ersten – und einzigen – Semester kennen, das ich an der University of Virginia verbrachte; ein ausgerissener Yankee aus Ohio, der in der schwulen Welt, die ich endlich gefunden hatte, mehr lernte, als je im Unterricht. Ich lernte Daddy an der Bar kennen, ging mit ihm in der gleichen Nacht nach Hause und warf nie einen Blick zurück. Ich verliebte mich in Virginia fast genau so schnell wie ich mich in Daddy verliebte. Daddy war dreißig, als wir uns kennenlernten. Jetzt, zehn Jahre später, bin ich fast so alt wie er damals. Ich bin sein Junge, sein Partner und sein Lover, und ganz egal wie weit einer von uns beiden hinter egal was für einem Schwanz herläuft, Zuhause ist, wo *er* ist.

Ich bin glücklich, dort zu sein.

New York war langweilig gewesen, und ich war enttäuscht. Zu viel Konferenz, zu wenig Schwänze, und ich war bereit und scharf darauf, zu Daddy zurückzukehren. Die Fahrt ging ziemlich schnell, und kaum war ich aus New York, genehmigte ich mir einen gemächlichen, langen Montagnachmittag, um heimzukommen. Ich nahm die Nebenstraßen, wodurch ich die Interstate 95 und den krankmachenden Korridor zwischen Boston und Washington umging. Auf der Autobahn bekommt man ohnehin keinen Eindruck von den Menschen, die an einem bestimmten Ort leben, und was soll die ganze Fahrerei, wenn man immerzu nur den gleichen McDonald's zu sehen bekommt? Ich schoß gerade auf der Nebenstraße an York, Pennsylvania, vorbei, als ich den Anhalter sah.

Er sah aus, als sei er Ende Dreißig, war nicht besonders groß und ein wenig untersetzt. Mit seinem Rucksack und einer Baseballmütze auf dem Kopf war es schwer zu sagen, wie er aussah. Ich wollte schon an ihm vorbeifahren, als er das Gewicht verlagerte, mir durch die Windschutzscheibe genau in die Augen blickte und mit der Hand, deren Daumen er an der Vorderseite seiner zerschlissenen Jeans ausstreckte, die Konturen seines darunterliegenden Schwanzes abfuhr. Ich geb's zu: Ich steh' auf große Schwänze. Und der Tramper da hatte einiges zu bieten. Der Jeansstoff betonte seinen Prügel, und es sah aus, als habe er eine Bierdose in der Hose stecken. Ich hielt an.

Ich hatte noch nie einen Tramper mitgenommen. Ich war sogar selbst noch nie getrampt, obwohl ich eine Menge Geschichten von Daddy über die wilden Zeiten nach Vietnam auf dem Heimweg von San Francisco gehört hatte. Ich hielt an, beugte mich hinüber und öffnete die Beifahrertür. Er verstaute den Rucksack hinter dem Sitz und nahm die Mütze ab. Danach schüttelte er mir die Hand und schaute mir lange und vielsagend in die Augen.

»Hey, ich bin Thomas Jefferson Stevens. Danke fürs Mitnehmen.« Er sprach mit dem für mich nun gewohnten weichen Virginia-Akzent. Bei einem Namen wie Thomas Jefferson Dingsbums kam er eindeutig aus unserer Nähe. Ich liebe Männer aus dem Süden. Sie sind eine ganz andere Rasse als die Yankees, höflicher und leidenschaftlicher.

»Hi. Ich heiße Don. Don Feinstein. Wo soll's hingehen?«

»Washington. Ich habe einen Freund hier oben besucht, und sein Auto hat schlappgemacht. Er kriegt's nicht mehr in Gang, und ich muß morgen früh zur Arbeit zurück sein. Ich hab' für heute schon freigenommen, und ich darf nicht noch mehr versäumen.«

Die Blicke, die ich aus den Augenwinkeln von ihm erhaschte, zeigten mir einen gutaussehenden, braungebrannten Mann, etwas älter, als ich geglaubt hatte. Mindestens Mitte Vierzig, aber nett aussehend. Ohne Mütze war sein kurzgeschorenes Haar überwiegend grau. Vielleicht war er ja beim Militär. Mit der Zeit lernt man, sie einzuordnen, ohne allzuviele Fragen zu stellen. Frag nicht, sag nichts, verscheuch das Wild nicht.

»Ich fahre nach Lynchburg. Ich kann Sie bis zur U-Bahnstation in Rockville bringen. Nahe genug?«

»Das wäre mir recht, danke.«

Wir redeten über das Wetter – feucht, aber so ist der Sommer hier nun mal – und das Auto – einen GMC Truck. Eine Weile fuhren wir schweigend weiter.

Als die Sonne sich nach Westen neigte, versuchte ich weiterzuplaudern, aber mein Talent zum Flirten schien eingetrocknet zu sein. Ich schaute ihn immer wieder an, kleine Seitenblicke beim Fahren, und nach wie vor gefiel mir, was ich sah. Er war kleiner als ich, nur etwa einsfünfundsiebzig, aber stämmig. Seine Unterarmmuskeln zuckten, als er mit der Mütze in seinem Schoß spielte, und ich überlegte, wie es sein mochte, diese Arme um mich zu spüren.

Daddy und ich haben eine Übereinkunft. Wir können mit anderen tun, was wir wollen, solange es Safer Sex ist und wir uns gegenseitig alle Einzelheiten erzählen. Wenn der Mann allerdings wirklich scharf ist, versuchen wir, ihn mit nach Hause zu nehmen, um ihn uns zu teilen. Ich fing an, darüber nachzudenken, ob der hier wohl an einer Teilzeitbeschäftigung als Onkel interessiert wäre. Natürlich hatte ich keine Ahnung, ob das Interesse gegenseitig war. Vielleicht nahm ich ja einen netten Hetero mit.

»Da«, sagte er und deutete auf ein Straßenschild. PRETTY

BOY TANKSTELLE UND RASTSTÄTTE stand darauf. »Die Raststätte da ist nach dir benannt.«

Ich schwöre bei Gott, ich wurde rot und stotterte. Das Interesse war also gegenseitig. Naja, ich bin nie das gewesen, was manche Leute hübsch nennen, und außerhalb des Schlafzimmers bin ich schon seit geraumer Zeit kein Boy mehr. Aber wenn dieser geile Typ mich als hübschen Jungen mochte, dann, ja Sir, danke Sir, der Junge weiß zu schätzen, daß Sie ihn für hübsch halten, Sir.

Als Schwanzjäger muß man flexibel sein.

Thomas Jefferson Stevens legte mir die Hand aufs Knie und fuhr damit über mein Bein bis zu meinem Schwanz. Als dieser unter seiner Berührung steif wurde, rückte er auf dem Sitz näher.

»Wollen wir sie mal ausprobieren, Prettyboy?«

Die Raststätte war ein typischer Nachkriegsschandfleck mit einem flachen grauen Bau für die Toiletten und ein paar Picknicktischen im Freien dahinter. Ich nehme an, ich war weiter in freier Wildbahn, als ich gedacht hatte, denn wir waren das einzige Fahrzeug auf dem Platz.

Ich hielt das Auto an und zog die Handbremse. Ich wandte mich dem Tramper zu, fegte die Mütze von seinem Schoß und nahm ihren Platz ein.

Ich legte ihm die Hände auf den Bauch, der erst im Begriff war, weich zu werden – ein Mann eben, der tagtäglich mit den Händen und dem Körper arbeitete. Während ich heißen Atem über seine gespannten Knöpfe blies, öffnete ich ihm den Gürtel. Ich spürte, wie seine schwieligen Hände über mein Haar strichen. Knopf für Knopf öffnete ich ihm die Jeans, und steinhart zuckte sein Schwanz hervor. Keine Unterwäsche, genau wie ich es mag.

Und ich hatte recht, der Mann hatte eine Bierdose in der Hose. Ich spannte meine Lippen um die Eichel und küßte und leckte seinen Schwanz, bis ich ihn stöhnen hörte.

»So ist recht, mein Hübscher. Mach's mir mit dem Mund«, sagte er und packte mich an den Ohren, um mich besser im Griff zu haben.

Ich fuhr mit der Zunge an seinem Ständer abwärts, holte tief Atem und schluckte ihn der Länge nach. Das war ein guter Trick von mir und eines der vielen Dinge, die ich von Daddy gelernt habe. Ich behielt den Schwanz in der Kehle und rieb meine Nase in seinen Schamhaaren. Gott, roch der Mann gut. Nach Schweiß und Öl und Zigaretten, ein männlicher Geruch. Er geilte mich auf, und ich fing an, mich an seinem Schaft auf und ab zu bewegen und ihm den Takt vorzugeben. Sein Schwanz dehnte meinen Mund und meine Kehle, und jedesmal, wenn ich ganz nach unten sank, sah ich Sterne.

Er ließ mich eine Weile spielen, wobei er mich »Schwanzlutscher« und »mein Hübscher« nannte, stöhnte und mich mit dem Gesicht an seinem Schwanz auf und ab steigen ließ. In meiner Kehle spürte ich, wie er pulsierte. Er packte mich am Kopf und fickte mich ins Gesicht, immer fester, bis er etwas brüllte, mein Gesicht von sich wegzog und über die ganze Windschutzscheibe spritzte.

»Wau, Junge, bist du gut«, sagte er Luft schnappend.

»Danke«, sagte ich mit wunder Kehle. »Du bist echt scharf. Noch 'ne Runde?«

»Ich weiß nicht. Hmm, das ist wahrscheinlich alles, was ich momentan schaffe, Junge, und ich will dich nicht enttäuschen.« Er deutete auf sein Sperma, das auf dem Armaturenbrett trocknete und sah ein wenig verlegen aus.

Ich mag etwas ältere Männer. Viele von ihnen haben so viele Jahre oben gelegen, daß sie nie erwarten, daß ein Jüngerer den Spieß bei ihnen umdreht. Und genau das hatte ich vor.

»Komm«, sagte ich und stieg aus dem Truck. »Komm mit.«

Ich ging zu dem am weitesten entfernten Picknicktisch unter den Bäumen. Es war keine gute Deckung, aber wir würden hören, wenn jemand auf uns zukam. Ich schickte ein rasches Stoßgebet zu welchem Gott auch immer, der für Rastplätze zuständig ist, und lehnte mich gegen den Tisch. Ich fing an, eine Show für ihn abzuziehen, indem ich meinen Schwanz durch die Hose hindurch rieb und ein paar von den Knöpfen an meinem Hemd öffnete.

Mein Tramperfreund öffnete die Tür des Trucks und beobachtete mich die ganze Zeit über. Ich öffnete die Knöpfe meiner Hose und fing an, sie auszuziehen. Mein Prügel drängte ins Freie, aber das war etwas, was ich für ihn aufsparte. Er schloß die Wagentür und knöpfte sich die Hose zu.

»Hier draußen, Junge? Was, wenn uns jemand erwischt?« Er sah echt besorgt aus, aber sein Schwanz fing schon wieder an, steif zu werden.

»Es passiert schon nichts. Vertrau mir.«

Ich streckte die Arme nach ihm aus und zog ihn fest zu mir. Er entspannte sich ein wenig und schmiegte sich an mich. Ich beugte seinen Kopf nach hinten und legte meine Lippen an seinen Mund. Er verkrampfte sich einen Moment, erwiderte dann aber meinen Kuß fest. Mir schoß durch den Kopf, daß er vielleicht kein Mann war, der seine Fickpartner küßte.

Er senkte die Hand und zog mir die Hose herunter. Seine Hand umschloß meine Eier, dann rieb sie den Stoff meiner Unterhose an meiner Eichel, was mich fast verrückt machte. Mit der Hand fuhr ich unter sein T-Shirt und packte beide Brustwarzen. Er stöhnte in meinen Mund und preßte sich an mich. Ich spielte mit seinen Titten, zog, zwickte und zwirbelte, bis er förmlich keuchte. Als Antwort pumpte er meinen Schwanz. Wir bildeten ein schwitzendes, sexgeiles Paar, als ich ihn mit dem Rücken auf den Tisch stieß.

»Hey, was soll das, zum Teufel?«

»Der Prettyboy wir Sie jetzt ficken, Sir.«

Ich zog ihm die Jeans herunter und knickte ihn unter mir über. Ich preßte meinen Schwengel in seine Arschspalte, und er stieß mir mit den Hüften entgegen. Sein Gesicht hatte einen irren Ausdruck, wie ein Verhungerter, dem man plötzlich ein Steak hinhält. Ich zog ihm die Hose von einem Bein, so daß ich mich auf ihn legen und ihm in die Augen sehen konnte.

»Was meinst du?« fragte ich, während ich meinen Riemen durch die Unterhose hindurch an seinem Arschloch rieb. »Willste gefickt werden?«

Er dachte darüber nach, das sah ich. Dann schloß er die Augen, schluckte und nickte mit dem Kopf.

»Es ist eine Zeitlang her, aber… okay. Okay, Junge. Leg los.«

Ich fischte den Pariser aus meiner Hemdtasche und schob die Unterhose herunter. Er schaute dabei zu, als ich mir den Gummi über den Schaft rollte und die Reisetube mit Gleitgel fand, die ich immer bei mir habe.

Ich rieb mir den Schwanz ein, dann tröpfelte ich ihm etwas davon auf den Arsch. Ich steckte ihm einen Finger hinein, dann zwei, während ich mit der anderen Hand meinen Schwanz wichste. Wenn die Art, wie sein Arsch meine Finger umklammerte, etwas bedeutete, dann war er vielleicht tatsächlich in letzter Zeit nicht gefickt worden.

Auge in Auge schauten wir einander an. Ich sah, daß er erschauerte, als ich ihm die Eichel hineinschob. Ich hielt absolut still und spürte, wie sich sein Arsch für mich öffnete. Während er sich wichste, glitt mein Ständer immer weiter in ihn rein. Sein Arsch war heiß und eng, und ich konnte spüren, wie sein Inneres sich wellte, während ich ihm meinen Schwanz reinsteckte.

»Ja, Junge. Ja. Fick mich. Hör nicht auf und fick mich. Ja,

so ist gut!« Sein geiles Gerede machte mich völlig scharf, und ich fing an, ihn richtig zu bumsen.

Ich zog meinen Lümmel fast ganz heraus, bis nur noch die Eichel drin steckte, dann preschte ich langsam wieder der Länge nach vor. Ich wollte es diesem Mann, diesem Fremden, richtig gut besorgen. Ich fickte ihn langsam und gleichmäßig und dann schneller. Die ganze Zeit über beobachtete ich seine Augen und spürte, wie er sich unter mir wand und wie sich sein Arsch meinem Schwanz öffnete.

»Hör nicht auf, hör nicht auf, oh, bitte…« Er flehte mich an, und ich wußte nicht mehr, ob er mich meinte oder ob es nur geiles Fickgerede war oder ob er irgendwelchen sonstigen Enttäuschungen vorbeugen wollte.

»Nein, ich fick' dich immer weiter, ganz genau, der Prettyboy mit seiner dicken Latte fickt dich durch.«

Sein Gesicht verspannte sich, dann lächelte er, während ich seinen Arsch durchgeigte.

Seine Hände kneteten seinen eigenen Bolzen immer schneller, während ich besinnungslos weitervögelte. Ich stieß aus allen Winkeln in ihn hinein, füllte ihn aus und zog mich wieder zurück, krachte mit vollem Gewicht auf ihn und zog ihn an mich. Die ganze Zeit über beobachtete ich sein Gesicht und horchte auf seinen immer härter kommenden Atem.

Dann, während ich anfing, ihn schneller zu stoßen, verkrampfte er sich, und seine Ladung schoß aus ihm heraus und über seine Brust. Ich kam zusammen mit ihm und spritzte voll in ihn ab. Ich glaube, ich rief seinen Namen, ich bin mir nicht sicher.

Ich beugte mich über ihn und zog gleichzeitig sachte meinen Schwanz aus ihm heraus. Er spielte mit meinen Haaren, und um uns her wurde es allmählich dunkel. Ich fragte mich, wie lange es wohl her war, daß ein Mann es ihm besorgt hatte.

Nach einer Weile säuberten wir uns und stiegen wieder in den Truck. Ich fuhr weiter durch Maryland, vorbei an Baltimore und dann an die Stelle, wo Washington an Maryland und Virginia grenzt.

Vor der Station Rockville nahm er meine Hand und öffnete den Mund, um etwas zu sagen, dann überlegte er es sich anders. Er küßte mir den Handrücken, indem er meine Hand nahe an seinen Mund hielt und dann behutsam zurück in meinen Schoß legte.

»Tschüs, mein Hübscher. Und danke.« Dann öffnete er die Tür, schnappte sich seinen Rucksack und ging davon.

Manchmal, wenn ich mit einem Fremden gefickt habe, fühle ich mich ganz geborgen, so als hätte ich plötzlich einen Freund gewonnen. Manchmal jedoch, wie bei Thomas Jefferson Stevens, habe ich mehr das Gefühl, daß ich eine Wahl getroffen habe und bestimmte Chancen ungenutzt ließ. Ich glaube, er hätte mir gerne seine Telefonnummer gegeben, tat es aber nicht. Vielleicht ist er beim Militär, dachte ich, oder verheiratet. Ich war nicht schnell genug, ihm meine zu geben, und hätte ihm sowieso nichts von Daddy erzählt. Den meisten macht es nichts aus, wenn ich es ihnen sage, aber manchen schon. Es ist nicht fair, einen Fickkumpel mit dieser väterlichen Stimme am Telefon zu überraschen – ob es ihnen etwas ausmacht oder nicht.

Ich beobachtete, wie er sein U-Bahn-Fahrschein kaufte, mir noch einmal zuwinkte und in der Station verschwand.

Ich lenkte den Truck heimwärts und dachte daran, wie ich Daddy von dem alten Knaben, der gerade verschwunden war, erzählen würde.

DUETT

Luke Ryder

An diesem Abend wäre Brahms glücklich gewesen. Das europäische Publikum kann das unbarmherzigste und das beglückendste sein, aber Alex und ich waren bekannt für das *Doppelkonzert*. Er war der einzige Überlebende meiner schlechten Angewohnheit, meine Musik mit meinem Vergnügen zu vermischen, und obgleich unsere Liebesbeziehung seit langem vorbei war, war es uns gelungen, die besten Freunde und Kollegen zu bleiben.

Es war die letzte Woche unserer Tournee, die in Tirol, dem Bindeglied zwischen der österreichischen und der italienischen Kultur, begonnen hatte. Unser Ausgangspunkt war ein kleiner Möchtegern-Konzertsaal in einem Dorf namens Toblach gewesen.

»Ich bin nicht so weit hergekommen, um in einem beschissenen Gymnasium Geige zu spielen!« hatte Alex gezischt. Selbst ich mußte zugeben, daß ich nicht gerade überwältigt war, bis die Platzanweiser die Seitentüren öffneten und einen angrenzenden Korridor voller Leute enthüllten und draußen eine kleine Meute Teenager auf Leitern hochkletterte, um durch ein Panoramafenster einen Blick auf das Orchester zu werfen.

Nach dem Konzert waren wir beide geradezu besoffen vor Begeisterung. Angesichts des Hintergrunds der Dolomi-

ten in all ihrer wilden Schönheit, der alles ins rechte Licht
rückte, wußte ich, daß es auf nichts anderes ankam. Für
Leute spielen, die die Musik kannten und liebten, das war
es, wofür ich so hart gearbeitet hatte. Das war es, worum
sich alles drehte.

»Na, wie fühlt man sich als offen Schwuler in der anony-
men österreichischen Wildnis?« erkundigte sich Alex
während einer besonders langen Fahrt zwischen zwei Auf-
tritten.

Ich wandte mich ab, um die vorüberziehende Landschaft
zu betrachten. Als Dozent an einer kleinen Privatuniversität
in Texas stand ich unter einem starken Druck, meine Sexua-
lität zu verbergen, hier jedoch wußte jeder im Orchester,
daß ich schwul war. Bei meiner engen Freundschaft zu
Alex, einem unverwüstlich hübschen Kerl, war ohnehin
jede Geheimhaltung unmöglich, aber zum ersten Mal in
meinem Leben war ich »Michael Gorman: *Schwuler
Mann*«, und ich genoß jede einzelne Minute. Dennoch
konnte ich nicht umhin, die Frage von Alex als die Stichelei
aufzufassen, als die sie gemeint war: Wieso verhielt ich
mich nach wie vor wie der verängstigte kleine Puritaner, der
zu sein mir aus dem Hals heraushing?

»Ich bin einfach nicht wie du, Alex«, sagte ich schließlich, indem ich die Worte am Fenster abprallen ließ.

»Quatsch!« Für den Bruchteil einer Sekunde klang er erstaunlich kerlig, und beinahe hätte ich ihm das Gesicht zu-
gewandt. Er beugte sich an mein Ohr. »Du bist so scharf auf
einen Schwanz im Arsch… man kann's riechen.« Der
tuckige Tonfall war wieder da, aber der so roh ausgespro-
chene Gedanke hatte den gewünschten Effekt. Ich rutschte
im Sitz hin und her, und er quietschte vor Vergnügen.

»Ha ha! Ich hab's gewußt!« kreischte er und klatschte in
die Hände wie eine Cheerleaderin im Grundstudium bei

ihrem ersten Spiel. »Keine Bange. In nicht mal einer Stunde sind wir in Salzburg, und heute abend sehen wir zu, daß für dich gesorgt wird.«

Nach dem Konzert machten wir uns mit den anderen Schwestern im Orchester auf den Weg zu einer der wenigen Bars nur für Jungs, die wir unterwegs gesehen hatten. Wie gewöhnlich erregten wir lauten Amerikaner eine Menge Aufsehen. Ich drängte Alex auf die kleine Tanzfläche, damit wir uns die Männer ausgucken konnten.

»Dort!« schrie Alex und krallte sich geradezu in meinen Arm. »Das ist es, was du brauchst.«

Ich schaute mich um und sah einen knackig nach Angestelltem aussehenden Typ, der unsere fröhliche Meute musterte, die sich mit ihrer Version der Hitparade produzierte. Er war ungewöhnlich gekleidet – Hose, weißes Buttondown-Hemd mit offenem Kragen und Wolljacke. Aber ich hatte noch nicht entdeckt, was Alex so unmittelbar angemacht hatte. Nicht allzu schüchtern lugte unter dem Baumwollhemd ein schwarzes Ledergeschirr hervor.

Ich stieß ein »Boah!« aus und wandte mich wieder den Drehungen meines Partners zu.

»Wie ich immer sage: ›Sieh aus wie die unschuldige Blume, aber sei die Schlange an ihrer Wurzel‹.« Er warf mir ein Grinsen zu, das einem den Schwanz in Wallung brachte. »Worauf wartest du noch?«

»Bis ich ein bißchen besoffener bin!« schrie ich über den dröhnenden Beat hinweg. »Der Kerl könnte mir das Kreuz brechen.«

Wir widmeten uns schließlich mehreren Litern Bier und plazierten uns auf ein paar Stühle an der Wand. Wir tranken schweigend. Alex suchte den Raum nach einem Mann ab, der genau mein Typ wäre, während ich beobachtete, wie der mit dem Geschirr mit unserem ersten Flötisten abzog, und mich fragte, wen Alex wohl als nächstes für ›genau meinen Typ‹ halten würde.

Dann nahm ich eine Stimme in meinem Ohr wahr. Ich hatte eine kleine Weile gebraucht, um zu erkennen, daß sie tatsächlich mit mir sprach. Trotzdem war mir die Sprache weitgehend unverständlich, und ich hatte die schlechte Gewohnheit angenommen, sie auszublenden, wenn ich nicht direkt gemeint war.

»Entschuldigen Sie bitte«, setzte ich an. »Ich bin Ausländer, und mein Deutsch ist nicht so gut.« Er war wunderschön und in voller Montur, mit Motorradlederjacke und einem engen, weißen T-Shirt bekleidet, das seinen flachen Bauch und seine beeindruckende Brust umschmeichelte. Obwohl seine Haare zu bösartigen Borsten geschoren waren, hatte er das Gesicht eines Engels – weich, dunkle Augen und ein rotwangiges Lächeln.

»Dein Deutsch ist aber sehr hübsch«, log er. »Ich bin Christoph.

»Danke. Ich heiße Michael.« Meine Vorräte an Deutsch waren damit erschöpft, und er hatte den schwarzen Peter. Allerdings erwies sich sein Englisch als ›sehr hübsch‹, so daß wir anfingen, ein typisches Bargespräch zu führen. Er war klassischer Musiker und absolvierte ein Meisterstudium. Und während amerikanische Männer meinen Beruf ungewöhnlich fanden und sich höflich fasziniert zeigten, war Christoph über meine Musik richtig aufgeregt. Nirgendwo in den USA hätte ich mit einem sexbesessenen Penner ein solch leidenschaftliches Gespräch über Strauss' *Vier letzte Lieder* führen können.

Noch immer war ich praktisch frigide. Ich konnte mich nicht dazu überwinden, die Initiative zu ergreifen und diese offensichtliche Gelegenheit zu nutzen, und Alex witterte das natürlich. Nachdem er mir eine mehr als faire Chance gelassen hatte, kam er an meine Seite.

»Hallo, ich bin Alex«, strahlte er und schüttelte seine Haarfransen wie eine Verbindungsstudentin. An Christophs Gesicht konnte ich ablesen, welche Schlüsse er zog.

»Ah – also dein Lover«, sagte er mit einem Nicken in meine Richtung.

»Oh, nein!« kreischte Alex und warf mir einen indignierten Blick zu. »Glaub mir, ich liebe Michael von ganzem Herzen, aber wenn er mit mir zusammen wäre, würde ich ihn in eine Zwangsjacke stecken.«

Ich war nicht sicher, wie viel davon wirklich rüberkam, aber ich sah, wie augenblicklich der Funke übersprang – rein animalisch. Und daher saß ich wie eine alte Jungfer, die die Anstandsdame spielt, dabei, während mein kleiner Freund das Gespräch geschickt auf mehr ›körperliche‹ Themen lenkte.

Ich lehnte mich zurück und ließ das Paar auf mich wirken. Alex trug sein, wie er es nannte »Verbindungskostüm«, einen blauen Blazer mit weißem Hemd und Krawatte. Er sah aus wie ein Teenager aus New Hampshire auf Ferien von der Oberschule.

Irgendwann gab Alex mir einen frechen, kleinen Kuß und sagte seinen traditionellen Abschiedsspruch auf: »Bleib nicht auf!« Ich wandte mich an Christoph, der mir die Hand schüttelte und mit der unangenehmen Vertraulichkeit, die Fremde an den Tag legen, wenn sie drauf und dran sind, mit dem besten Freund zu vögeln, gute Nacht wünschte.

Vollkommen daneben, dachte ich, als ich den Oberschüler und den Punk völlig aufeinander fixiert die Treppe hochsteigen sah. Und kurz bevor sie verschwunden waren, sah ich, wie der Punker nach hinten langte und dem Schüler deftig in den Hintern kniff.

Scheiße. Ich war eifersüchtig.

Am nächsten Abend auf der Bühne des Stefaniensaals in

Graz bekam ich meine Rache. *Con fuoco* schrammte ich durch jeden Lauf und hielt so die kleine Diva vor dem stehenden Publikum auf Trab. Die *pianissimi* waren ein Flüstern, die *forti* dröhnten auf meinem Cello, und ich fuhrwerkte mit meinem Bogen, damit ihm auch wirkliche jede Betonung in die Fresse sprang. Es war meine persönlichste und leidenschaftlichste Vorstellung in diesem Sommer, und das Haus trampelte und tobte in hemmungsloser Begeisterung. Ich schaute zu Alex, dessen Gesicht schweißgebadet war. Und der kleine Dreckskerl – er hielt Note für Note mit mir Schritt.

Hinter der Bühne wollte ich einen schnellen Abgang machen, aber er packte mich bei den Frackschößen und hielt mich zurück.

»Du mieses Arschloch«, sagte er und bedachte mich mit einem dreckigen Grinsen.

»*Au contraire*«, fauchte ich zurück. Ich streckte die Hand aus, kniff ihm kräftig in den Hintern und enteilte zur Garderobe.

An diesem Abend verschug es mich in ein winziges Etablissement, das von den Jungs im Orchester besonders geschätzt wurde. Der Namenspatron und Besitzer der Bar empfing uns in vollem Fummel an der Tür.

»Ihr wart sensationell«, schrie er und gab uns beiden ein mütterliches Busserl.

»Herrje!« flüsterte Alex eine Spur zu laut. »Der sieht ja aus wie Elizabeth Taylor in *Virginia Woolf*!«

Wir gingen geradewegs auf einen Flipper neben der Tür los und gelobten, mindestens hundert Schilling in das Ding zu stecken, bevor wir zu betrunken wären, um weiterzuspielen.

»Alsdann, Zelda«, sinnierte Alex, als er nach einer längeren Runde mit den blitzenden Lichtern und abprallenden Kugeln wieder auftauchte, »wenn die Konzerte in der Steiermark vorüber sind, werden wir wohl die Heimreise antreten müssen.«

Ich zwirbelte grausam seine linke Brustwarze, worauf die silberne Kugel genau die richtige Öffnung fand, um zwischen den Flippern zu entwischen.

»Ich brauch' noch was zu trinken«, sagte ich. Ich wandte mich zur Bar und schrie über den Lärm des Zählwerks hinweg, »Übrigens … *ich heiße F. Scott.*«

Ich sonnte mich noch immer in meiner neuentdeckten Unverfrorenheit, als ein fester Griff an meinem Oberarm meinen Triumphzug zur Bar aufhielt. Ich schaute nach oben, weit nach oben, zu einem riesenhaften Mannsbild auf. Er war eindeutig größer als einsfünfundneunzig, hatte ein ernstes, kantiges Gesicht und einen blonden, militärischen Kurzhaarschnitt. Seine Stimme ertönte in einem dicken, kräftigen österreichischen Grollen.

»Was darf ich dir zu trinken holen?« Es war mehr eine Feststellung als eine Frage.

»Äh … ich bin nicht allein«, log ich und machte mir fast die Hosen naß.

»Ich habe nicht gefragt, ob du allein bist!« donnerte er zurück. »Ich habe gefragt, was ich dir zu trinken holen kann!« Seine massive Pranke hielt mich fest und erinnerte mich an jedes einzelne Mal, wenn ich im Kino nach Arnold Schwarzenegger geschmachtet hatte. Offenbar hatte ich nicht die leiseste Ahnung gehabt, wie gefährlich so etwas war.

»Ich hab' schon was zu Trinken«, fuhr ich zu lügen fort, »aber trotzdem danke.« Er lockerte seinen Griff, und ich eilte zur Bar, wo Ms. Taylor mich an sich zog.

»Hör mal, Schätzchen, du mußt Dietrich verzeihen. Er ist kein Freund vieler Worte. Er hat heute abend gesehen, wie du mit aller Wut gespielt hast und meinte, du seist ›ein wildes Pferd, das mal richtig gezähmt werden müßte‹.« Ich

warf einen Blick zurück auf den wartenden Goliath, und sie
tätschelte mir mit ihrer behandschuhten Hand die Brust.
»Glaub mir, bei ihm bist du sicher. Er ist Beamter bei der
Grazer Polizei.«

Mit eingekniffenem Schwanz näherte ich mich ihm und
sah, wie meine ausgestreckte Hand wie die eines Kindes in
der seinen verschwand.

Herrje, dachte ich, *das ist verrückt. Ich laß mich da auf
was ganz Verrücktes ein!*

Ich ließ mir ein Bier von ihm spendieren, und dann
krümmte er seine riesige Gestalt zusammen, um meinem
Gejammer über die Tour zuzuhören.

Irgendwann machte ich eine Pause, um zu trinken, worauf
er mir das Glas aus der Hand nahm und es auf den Tisch
stellte.

»Ich hab' noch 'ne Menge davon in meiner Wohnung für
dich«, sagte er.

Ich holte tief Atem und zählte bis zehn. »Klar…«

Er dirigierte mich zur Tür, und ich bekam Alex' Reaktion
mit, als er mir in den Mantel half. Mein Freund klappte den
Kiefer wieder nach oben und machte zum Vergnügen aller
anderen Barbesucher eine Bewegung wie beim Eindrehen
einer Angelschnur. »… und meine Herren, Sie sollten erst
mal den sehen, der entwischt ist!« Ich schaute gerade noch
rechtzeitig durch die sich schließende Tür zurück, um zu sehen, wie er zum Entzücken des ebenso schockierten Publi-
kums die Handflächen etwa einen halben Meter weit aus-
einanderhielt.

Obgleich die Tageszeit nach amerikanischen Maßstäben
noch durchaus respektabel war, waren die Straßen leerge-
fegt. Ich folgte Dietrich zu seinem Auto und begleitete ihn
in unheimlichem Schweigen bis zu seiner Wohnung.

»Ich habe nicht mit dir gerechnet«, sagte er, während er
am Schloß fummelte, »entschuldige also das Durcheinan-

der.« Er schloß die Tür hinter uns und hatte mich in seinen Armen, bevor ich mir auch nur das Zimmer betrachten konnte. Er zog mich auf seine Höhe und begrub mich unter einem rauhen, hungrigen Kuß. Seine Bartstoppeln schabten an meinem Gesicht, und ich zuckte mit einem jähen »Autsch!« zurück.

»*Achtung* Großer! Du mußt dich mal rasieren!« Ungeduldig rollte er mit den Augen.

»Denk dran«, versuchte ich ein Bedenken anzubringen, »ich bin nicht so groß, was du also auch immer geplant hast, achte darauf, daß ich morgen früh noch gehen kann.«

Er warf seine braune Lederjacke beiseite und griff nach meiner. Dann stürzte er sich auf mich, schleppte mich durch den Flur und warf mich aufs Bett.

Ich setzte mich auf, um zuzusehen, wie er aus den Schuhen stieg und anfing, sich das Hemd aufzuknöpfen. Er war ganz damit beschäftigt, ohne mich eine Sekunde lang aus den Augen zu lassen. Ich machte Anstalten, zu ihm zu kommen.

»Bleib auf dem Bett«, befahl er. Ohne Zorn; es war lediglich klar, was er wollte – mich – und wie er es wollte – auf seine Weise.

Alsbald war seine Brust frei, und er lag auf mir. Uff, war der schwer. Er fing an mich zu küssen, während er an meinen Kleidern zerrte und mich im Nu nackt vor sich hatte; ich kam mir buchstäblich vor wie eine Konkubine. Er spreizte mir die Beine, manövrierte sich dazwischen und ließ mich die Glieder um ihn schlingen, während er sich über mich hermachte.

Schließlich rollte er uns herum, so daß ich oben lag. Ich streckte mich und schaute mir den gigantischen Polizisten genau an, dessen Eigentum ich irgendwie für die nächsten Stunden geworden war. Seine Arme hatten praktisch die Ausmaße meiner Beine, und sein dicker Hals ging in mächtige Schultern und einen überdimensionalen Brustkasten über.

Er griff nach oben und zog mich zu einem weiteren Kuß zu sich runter, während seine dicke, fleischige Zunge in meinen Mund und meine Kehle vorstießen. Ich befreite mich und ließ meine Zunge über seine Lippen hinweg nach unten bis zu dem stoppeligen Hügel seines Adamsapfels fahren. Ich knurrte in gespielter Wildheit, bleckte haßerfüllt die Zähne wie ein Vampir und stieß auf seine Gurgel herab. Er stieß ein einfaches, kurzes Lachen aus.

»Verdammt«, dachte ich, »der Mann kennt keine Angst.«

Ich war bereit zu des Pudels Kern vorzudringen. Ich züngelte mir meinen Weg durch das haarige Dickicht auf seiner Brust und folgte dem blonden Pfad hinunter zu seinem Bauch. Dann ließ ich mich zwischen seinen Beinen nieder, zerrte an seinem Gürtel und öffnete ihm die Jeans. Keine Unterwäsche.

Offensichtlich war Dietrich mit etwas ausgestattet, das ich im Lauf der Jahre einen »blonden Dicken« zu nennen mir angewöhnt hatte. Er machte einen weichen, schimmernden Eindruck, so wie er sich da in sein Nest aus blonden Locken schmiegte, aber das erste, was mir ins Auge stach, war natürlich Vorhaut, Massen davon – die die Spitze wie ein Schleier umhüllten. Das war etwas ganz Neues für mich, und ich konnte nicht anders, als sie einer klinischen Inspektion zu unterziehen. Ich musterte die Adern, die keineswegs alle unscheinbar waren, und dachte entsetzt an meinen eigenen, verkürzten Schaft.

»Stimmt was nicht?« fragte er. Meine Reaktion mußte ihm wohl nicht verborgen geblieben sein.

»Äh…«, sagte ich leicht errötend, »es ist nur, daß ich sowas noch nie gesehen habe… in natura.« Ich wichste seinen Schwanz ein paarmal, um die ungewohnte Vorhaut zur Demonstration auszudehnen und zusammenzuziehen.

»Ihr Amerikaner«, schnaubte er herablassend. »Komm, ich helf' dir.« Seine Hand bewegte sich wieder hinter meinen Kopf und drückte mich auf das anschwellende Stück Fleisch zwischen seinen Beinen. Ich gehorchte eifrig und streichelte und lutschte, als sei es ein neuer Geschmack – was es, auf seine Weise, auch war. Er half mir, ihm die Jeans herunterzuziehen, wobei er mir die ganze Zeit seinen Knochen im Rachen steckenließ. Schließlich bekam ich die Chance freizukommen und vereinte das Pumpen meines Kopfs damit, kräftig meinen eigenen Schwanz zu wichsen. Er stöhnte mit seiner schweren österreichischen Stimme und fing an, mit den Füßen an den Laken zu reißen und zu zerren. Ich hielt inne und schaute in gespielter Besorgnis von seinem Penis auf.

»Alles in Ordnung?« spottete ich. »Stimmt was nicht?« Er litt Folterqualen und war außer sich.

»Ahhhhh! Du kleiner Scheißer!« schrie er. Er packte mich unter den Armen und zog mich zu einem Kuß zu sich hoch. Ich ging auf alle viere und ließ meinen Mund gefährlich über seinem kreisen.

»Ich will dich nur glücklich machen«, flüsterte ich, wobei meine Lippen die seinen streiften. »Deswegen bin ich doch wohl hier, oder?«

Pfeifend zog er die Luft zwischen den Zähnen hindurch und stieß mit den Hüften nach oben. Ich spürte, wie seine Eichel, die jetzt zornesrot und völlig entblößt war, gegen meinen Arsch drückte. Ich stieß mit dem Fickloch vor und zurück und machte ihm deutlich, daß ich bereit war. Das würde ein ganz schön wilder Ritt werden.

Dietrich streckte seine Pranke zum Nachttisch aus und fischte einen kleinen Behälter mit Gleitcreme hervor. Auf meine flache Handfläche drückte er eine ordentliche Pfütze und warf die Flasche beiseite. Ich griff nach hinten, und nachdem ich mein Loch eingeschmiert hatte, fing ich an, seinen Schwanz zu wichsen, um ihn auf ein leichtes Eindringen vorzubereiten.

»Bleib so«, ermahnte ich ihn. Ich hob meinen zuckenden Arsch über seinen Prügel und ließ ihn mich langsam aufspalten.

Das riesige Stück Fleisch war eine Herausforderung, aber sobald die Eichel einmal richtig saß, spießte ich mich rasch auf, alleine schon, um es ihm zu zeigen.

Seine Augen klappten überrascht auf, und er griff nach meinem Schwanz.

»Nein, nicht!« keuchte ich. »Sonst spritz' ich jeden Moment ab.« Ich dirigierte seine Hände an meine Brustwarzen, die er gnadenlos zu bearbeiten anfing, während ich mir seinen Hammer in den Arsch trieb.

Nach kurzer Zeit trat er wieder in die Laken. Ich nahm den Hinweis auf und fing an, leicht meinen Ständer zu wichsen; Dietrichs Schwanz traf genau den Punkt. Er packte mich bei den Hüften und stieß mit einem letzten Bocken sein Gerät bis zum Anschlag und ließ seine heiße Ladung in mich hineinschießen.

Erschöpft und befriedigt legte er sich zurück und streichelte mich zärtlich an den Beinen. Aber ich wußte, wann ich selbst eine gute Ladung zu bieten hatte, und wann ich ein argloses Opfer vor mir hatte. Ich blieb aufgespießt und überließ mich nach und nach meinen Empfindungen. Entspannt gab ich dem Zucken nach und drehte den Kopf zur Seite, als sei ich, etwa durchs Dekor, abgelenkt worden. Der Orgasmus traf mich mit voller Wucht, und mein Schwanz überströmte sein wehrloses Gesicht mit immer neuen Schwällen einer scheinbar unerschöpflichen Ladung.

Am nächsten Morgen entwand ich mich seinen langen, schlaftrunkenen Armen und blinzelte zum Wecker. *Scheiße!* In zwanzig Minuten mußte ich im Bus sitzen.

Ich fing an in der Wohnung herumzufluchen, Klamotten überzuziehen und den inzwischen ganz eingeschüchterten Spartaner anzuschreien, ob er ein Telefon hätte.

»Ich hab' schon für dich gepackt und zum Einladen fertig gemacht«, versicherte mir Alex, als ich endlich zum Hotel durchkam. »Komm einfach her. Diese Leute warten auf niemanden.«

Wir kamen in letzter Minute an. Ich gab Dietrich einen letzten, leidenschaftlichen Kuß, warf ihm meine Visitenkarte zu und kletterte in den Bus. Ich stolperte zu meinem Sitz im hinteren Teil, wo ich mit Hallo und einem kräftigen Applaus von den übrigen Jungs begrüßt wurde.

»Noch drei Tage, junger Mann«, meckerte Alex, »und dann nichts wie zurück nach Amerika mit dir.«

Ich paßte mich an die Bewegungen des Busses an und machte die Augen zu, um noch etwas zu schlafen.

»Zurück in die Staaten…?« gähnte ich. »Woran sollte mich das hindern…?«

SPANISCHER SOMMER

Lawrence Schimel

Ich saß auf einer Parkbank am Ende der Straße zur Alhambra hoch, als sich ein Mann neben mich setzte. Der Aufstieg zum roten Maurischen Palast war anstrengend gewesen, und ich war noch zu sehr außer Puste, um das Bauwerk gleich besichtigen zu wollen. Ich fühlte mich matt, vor allem wegen der Hitze. Wie dem auch sei, die Alhambra war der kühlste Ort in der Stadt, was mit den Springbrunnen im Park von Generalife zu tun hatte. Der gesamte Hügel war bedeckt mit Grünanlagen, die von unzähligen Brunnen und Bassins bewässert wurden.

Ich schaute zu dem Mann neben mir hin und bemerkte, daß er mich anstarrte. Er erwiderte meinen Blick keck und lächelte. Plötzlich wußte ich, was Sache war, und hätte beinahe gelacht. Die Hitze hatte fast alle meine Gedanken und Absichten vertrieben, außer daß ich ein schattiges Plätzchen finden wollte. Außerdem war es schon lange her, daß mich ein Mann angemacht hatte. Spanien, insbesondere Granada, gehörte einem durch und durch heterosexuellen Kulturkreis an, der selbst auf die Sprache, mit ihren männlichen und weiblichen Endungen, abfärbte. Die Gastfamilie, bei der ich wohnte, und alle meine Lehrer und Kommilitonen waren ausgesprochen homophob, daher hütete ich meine Zunge in ihrer Gegenwart.

Doch jetzt, so schien es, war ich über einen anderen schwulen Mann gestolpert – besser gesagt: er war über mich gestolpert. Ich schaute mich um, um zu sehen, ob jemand unseren kurzen Blickkontakt mitbekommen hatte. Mir war jetzt klar, daß ich bereits beschlossen hatte, mit ihm zu sich nach Hause oder wohin auch immer zu gehen. Es war so verdammt lange her gewesen, seit ich einen anderen Schwanz gespürt hatte, daß es in meinen Fingern juckte, nach seinem Dödel zu greifen, und mein Mund und mein Arsch danach fieberten, ihm Einlaß zu gewähren – auch wenn der Mann nicht das war, was ich normalerweise unter attraktiv verstand. Hinter uns lag ein Hotel, und als ich über die Situation nachsann, ging mir ein Licht auf: vermutlich war das hier ein Schwulentreffpunkt. Fast jeder, der die Stadt besuchte, stattete der Alhambra eine Visite ab, daher kam auch jeder schwule Tourist hierher.

Da ich einen Großteil des Sommers hier verbrachte, kam ich mir nicht wie ein typischer Tourist vor – obgleich ich in vielerlei Hinsicht dem Typus entsprach. Mit verbilligten Bahntarifen und Jugendherbergen auf Schritt und Tritt, ganz zu schweigen vom eigenen Fernweh, wird man geradezu verführt, Europa zu besuchen. Es ist fast unmöglich, dem Sirenengesang zu widerstehen – egal wie knapp das eigene Budget ist: Es ist erschwinglich. Also hatte ich mich nicht dagegen gesträubt und mich für die Sommerferien zwischen meinem Grund- und Hauptstudium am College für einen sechswöchigen Sprachkurs in Granada eingeschrieben (der mir, Flugticket inklusive, aufgrund meiner guten Leistungen durch ein Stipendium bezahlt wurde). Ich würde zwei Monate in Andalusien verbringen, umgeben von spanischen Männern, und im letzten Monat wollte ich, mit dem Spartacus Guide ausgerüstet, umherreisen, wohin der Wind mich auch trieb.

So hatte ich's mir gedacht. Erst als ich hier ankam, stellte ich fest, daß es gar nicht so einfach war, Spanier zu treffen, die mit einem anderen Mann schlafen wollten, und vor allem gab's so gut wie keine, die sich als schwul bezeichnet hätten. Selbst die schrillsten Tucken – die ich nur dann sah, wenn ich mit Heteros zusammen war, und die ich daher nicht nach Treffpunkten für Männer fragen konnte – lebten versteckt.

Es war das erste Mal, daß ich alleine umherreiste. Davor hatte ich Reisen mit meiner Familie gemacht, quer durch die Staaten, und sogar zweimal nach Europa – nach England und Schottland mit dreizehn und nach Paris mit fünfzehn. Aber alleine unterwegs zu sein, sollte ganz anders werden. Monatelang malte ich mir in den lebhaftesten Farben die verschiedenartigsten Begegnungen aus, mit hübschen Männern, exotisch und verlockend, die mich mit feurigen Augen und einem reizenden Akzent verführen würden – eine Mischung aus Romantik und unverfälschter Fleischeslust. Wir würden uns in der Abenddämmerung in einsamen Parks küssen, uns unter efeubewachsenen Statuen verlustieren und in den Wohnungen dieser Männer bis spät in die Nacht Sex machen, um am nächsten Tag in Straßencafés zu sitzen und den lieben Gott einen guten Mann sein zu lassen.

Ich wußte, daß es nicht ganz so unkompliziert laufen würde, daß das alles meiner Fantasie entsprang und mit dem Mythos Europa zusammenhing, der durch Filme und Bücher verbreitet wurde, der aber mit dem wirklichen Europa nichts zu tun hatte. Allerdings hatte ich nicht erwartet, daß ich mich so abgekapselt fühlen würde, mehr durch mein Schwulsein bedingt, als durch die Tatsache, daß ich ein Fremder in einem fremden Land war. Mir war diese aufdringliche Heterosexualität fremd, und ich sehnte mich nach dem angenehmen schwulen Collegeleben – wir alle voller Übermut und jugendlicher Rebellion –, nach unseren

Schwulengruppen und monatlichen Tanzveranstaltungen. Mein Spanisch war nicht gut genug, um die hiesige schwule Presse zu lesen – so es denn eine gab –, und ich sagte mir, wie gut wir es doch hatten, mit den drei kleinen schwulen Wochenzeitungen, die in Bars umsonst auslagen, und den vielen schwulen Pornomagazinen, die man fast in jeder Zeitschriftenhandlung fand.

Ich brauchte Tage, um einen Kiosk ausfindig zu machen, der Spaniens Version von Schwulenpornos verkaufte, und dann zwei weitere Tage, ehe ich mich eines spätes Nachmittags zum andere Ende der Stadt aufmachte, um ein Exemplar zu kaufen. Ich blätterte es erst gar nicht durch, wie ich es vielleicht zu Hause in den Staaten getan hätte – vielleicht ein bißchen besorgt, daß mich Freunde sehen könnten, aber ansonsten unbekümmert. Ich steckte es in meinen Rucksack und ging. Ich konnte nicht sofort nach Hause, sondern lief kreuz und quer durch Granada und machte auf Tourist. Aber ich kann mich an keine einzige Sehenswürdigkeit erinnern. Wohin ich auch schaute, immer sah ich nur das spärtlich bekleidete Model auf dem Cover.

Ich fragte mich, was wohl der Innenteil zu bieten hatte, vermutete jedoch, daß es nur Softpornos sein würden: Soloaufnahmen von nackten Männern, deren Hände weit weg von ihren halbsteifen Dödeln waren, damit es ja nicht nach Wichsen aussah – und mit Sicherheit wären da auch keine Action-Fotos mit anderen Männern! Doch ich war so geil darauf, irgendeinen Schwanz zu sehen, ob steif oder schlaff, beschnitten oder unbeschnitten, daß es mir wurscht war.

Ich setzte mich in ein Restaurant, obgleich ich so nervös war, daß man mich mit einem Pornoheft ertappen könnte, und so gierig, es mir endlich ansehen und mir dabei einen runterholen zu können, daß ich keinen Bissen runterbekommen würde. Doch ich wollte die Toilette aufsuchen, und dazu mußte ich vorher etwas bestellen. »Churros y chocolate«, sagte ich dem Kellner, als der endlich kam. Und dann, als er das ölige Spritzgebäck und die heiße Schokolade holen ging, nahm ich meinen Rucksack, ging auf die Toilette und verriegelte die Tür hinter mir.

Endlich allein!

Ich setzte mich hin und öffnete meinen Rucksack. Das Magazin hieß MACHO, und ich zerriß hektisch das Cellophan, das Neugierige davon abhalten sollte, umsonst reinzuschnüffeln. Ich hatte einen Ständer, noch bevor ich das Heft aufgeschlagen hatte, und mein Schwanz schmerzte vor Erwartung in meiner Jeans. Ich zog mit einer Hand den Reißverschluß herunter, mit der anderen schlug ich das Magazin auf und legte es auf meinen Schoß. Da war nacktes Fleisch: dunkle, mediterrane Kerle, wie ich sie mir erträumt hatte, mit langen, schlaffen Schwänzen, deren Kuppen aus dunkler Vorhaut lugten. In weniger als einer Minute spritzte ich über die Seiten, so ein Druck hatte sich aufgestaut in all den vielen Wochen, in denen ich Wichsphantasien gehabt hatte, ohne mich abreagieren zu können.

Ich betrachtete dann das Heft ein letztes Mal von vorne bis hinten, um mir jeden nackten Körper einzuprägen, und ließ es in der Toilette zurück, da ich Angst hatte, meine Gastfamilie könnte es beim Zimmeraufräumen finden. Ein bißchen zu teuer für eine kurze Handarbeit, aber das Heft war jede Pesete wert gewesen. Diese nackten Jungs bevölkerten meine Phantasien und Tagträume noch viele Tage lang.

Doch jetzt sollte ich endlich wieder leibhaftigen Sex mit einem Mann haben, nicht einfach nur in meiner Phantasie. Ich beherrschte kaum das nötige Vokabular, um den Mann neben mir anzumachen, doch er begriff, daß ich mit ihm gehen würde. Während wir die fremden Straßen entlangliefen, versuchte ich ihn mir nackt vorzustellen, doch vor meinem geistigen Auge stand immer wieder nur das Foto des Cover-

Models aus MACHO, die Krümmung des Schwanzes, der sich zum Bauchabel hochreckte, der dunkle Sack, übersät von Haargewöll.

Der Mann, dem ich folgte, war, so schätzte ich, Mitte Vierzig. Sein Alter war ihm anzusehen, er setzte überall an, obgleich man auch sah, daß seine Muskeln von körperlicher Arbeit herrührten. Mein Spanisch war nicht gut genug, um aus dem, was er sagte, viel entnehmen zu können – außer daß er Andalusier durch und durch war und charakteristischerweise die Endungen der Wörter verschluckte, wodurch es noch schwieriger wurde, ihn zu verstehen.

Doch wir konnten uns einigermaßen verständigen. Als wir in seiner Wohnung waren, versuchte er, den Gastgeber zu spielen, war aber nicht bei der Sache, als er mir einen Drink anbot und sich in Smalltalk übte. Was wir beide wollten, war, gleich in medias res überzugehen. Er setzte sich dicht neben mich, und ich verstand nur jedes dritte Wort. Um ihn zum Schweigen und den Stein ins Rollen zu bringen, beugte ich mich schließlich vor und küßte ihn. Erst war er etwas verdattert und machte sich los, doch dann küßte er mich mit einer solchen Inbrunst und Heftigkeit, daß es mich frappierte. Seine Hände waren plötzlich überall an meinem Körper: Sie preßten sich an meinen Schritt und klammerten sich an meinem Rücken. Mein harter Schwanz unter dem Hosenstoff pochte gegen seine Finger.

Ich griff ihm zwischen die Beine und ertastete die Größe seines Rohrs. Meine Finger umfuhren die Krümmung seines Schafts, und ich hatte das Gefühl, meine Hand bekäme gleich einen Orgasmus, so erregt war ich, endlich wieder einen Schwanz zu berühren. Mit der anderen Hand zog ich meinen Reißverschluß herunter, weil ich annahm, daß wir es gleich hier und jetzt auf der Couch treiben würden, doch er bremste mich. Er war offensichtlich konservativ und wollte, daß wir ins Schlafzimmer gehen. Dort fand kein

Vorspiel statt, denn er begann sofort sich auszuziehen. Mich törnt es wirklich an, wenn man es noch halb angezogen miteinander treibt und den anderen dann langsam und verführerisch entkleiden kann, doch er zog sich gleich splitternackt aus, selbst seine Socken. Er war, was seine Kleidung anbetraf, nicht pingelig, so wie manche Schwule, mit denen ich Sex gehabt hatte, und die erst alles ordentlich zusammenlegten oder in den Schrank hängten, bevor sie zu mir ins Bett stiegen und sich mir widmeten. Ich schaute zu, während er strippte, und spielte wenigstens den Voyeur, wenn ich schon nicht das Vergnügen hatte, ihn entkleiden zu dürfen. Es war eine sehr kurze Show, doch mein vernachläßigter Lümmel war die ganze Zeit über so hart, daß es schmerzte. Sein Körper war nichts Besonderes, fast genau so, wie ich ihn mir vorgestellt hatte, doch er war nackt und stand vor mir, und das war herrlich. Sein Schwanz war eine angenehme Überraschung, da er kleiner, aber dicker war, als ich gedacht hatte. Er ließ seine Wäsche dort liegen, wo sie hingefallen war, stieg unter die Decke und wartete, bis ich mich selbst ausgezogen hatte.

Während ich mich entblätterte, stellte ich mir vor, wie ich mich über seinen Dödel hermachte, und mir lief das Wasser im Munde zusammen beim Gedanken an den Geschmack seines fleischigen Knüppels und an seine pralle Festigkeit zwischen meinen Lippen.

Er hob das Laken, damit ich zu ihm drunterschlüpfte. Im Nu war er überall an meinem Körper: Er küßte meinen Nacken und meine Brust, seine rauhen Bartstoppeln rieben sich auf meiner Haut, seine Hände kneteten meinen Arsch, und sein Schwanz preßte sich an meinen Bauch, als er mich mit den Beinen in die Zange nahm und an sich preßte. Ich fühlte mich ein wenig erdrückt, doch ich lechzte nach ihm und dem Gefühl, in seiner Männlichkeit zu baden, und genoß jede Minute davon.

Ich schob ihn von mir weg, um Luft zu holen und Herr der Lage zu werden. Ich wollte sein Rohr, deshalb rollte ich ihn auf den Rücken und begann, an seinen Nippeln zu lecken. Er drückte meinen Kopf auf seinen Schritt runter, und meine Zunge tastete sich entlang der Haarspur, die zu seinem Schwanz führte, und reizte ihn. Er schien nicht zu begreifen, was ich da machte, und drückte daher meinen Kopf noch kräftiger auf seinen Schwanz zu, den er mit der anderen Hand meinem Mund hinhielt. *Soweit zum Vorspiel*, dachte ich, und machte mich sofort über ihn her und nahm die Kuppe zwischen meine Lippen. Ich bewegte den Kopf auf und ab, ließ dann von seinem Schwanz ab, um Schaft und Eier zu lecken. Er packte mich beim Haar, plazierte meinen Mund wieder auf seine Rute und stemmte die Hüften vor und zurück, so daß er mich in den Mund fickte.

Nichts Aufregendes bis hierher, lediglich die einfache Sexmotorik. Dennoch verfiel ich in eine Art Schwanzlutschtrance, so konzentriert war ich auf seinen Kolben, der in meinen Mund hinein- und wieder herausglitt. Ich dachte an nichts anderes, nur an seinen Mast, der sich zwischen meine Lippen schob, an das Gefühl meiner Zunge, die über seine Eichel glitt, an das Kitzeln seiner Schamhaare an meinen Lippen und meinem Kinn. Daher war ich überrascht, als ich seinen Mund an meinem Schwanz fühlte. Er hatte sich herumgedreht, so daß wir uns nun in einer 69er-Stellung befanden. Ich verlangsamte mein Leckrhythmus, um mich seinem anzupassen. Seine Mundhöhle war heiß und feucht, doch ich war dermaßen aufs Schwanzlutschen fixiert, daß ich augenblicklich hätte kommen können, auch ohne erst an mir spielen zu müssen.

Plötzlich hatte er mir einen Finger in den Arsch geschoben. Mir war nicht mal aufgefallen, daß er mit Blasen aufgehört hatte. Ich entspannte mein Loch für seinen Finger und stemmte meinen Arsch etwas dagegen, während ich weiter an seinem Prügel lutschte. Bald hatte ich einen zweiten Finger drin, und ich stemmte mich dagegen, während mein Mund an seinem Gerät auf und ab glitt. Er führte einen dritten Finger ein und sagte, er wolle mir seinen Schwanz reinstecken. Ich verlangte nach einem Kondom, das er nicht hatte, so daß ich seinen Wunsch ablehnte. Er versuchte mich umzustimmen, doch ich blieb dabei. Er war enttäuscht und plazierte mein Gesicht wieder über seinen Schwanz, stieß die Hüften vor und zurück und fickte mein Gesicht.

Da ich aufgrund seiner Fingerspiele kurz vorm Orgasmus stand, spuckte ich nun in meine Hand und fickte meine Faust, während ich weiterhin an seinem pulsierenden Fleisch leckte. Meine Zunge glitt unter seine Vorhaut und kostete den herben Geschmack der Eichel. Dann verleibte ich mir den dicken Stamm tief in meinen Schlund, ein so weit es mir die Würgreflexe überhaupt ermöglichten, und saugte an ihm, als würde ich den Saft herauspressen wollen. Mein Kopf hüpfte auf und ab, bis ich schließlich abspritzte und Schlieren von Sperma über seine Beine und auf das Laken klatschten. Meine Lippen umschlossen seinen prallen Schaft, bis ich fertig war, und dann begann ich von neuem zu pumpen. Schon bald spürte ich, daß seine Eier kurz vorm Explodieren standen. Ich machte mich von seinem Schwanz los und begann ihn zu wichsen. Er versuchte wieder, mein Gesicht auf seinen Kolben zu dirigieren, doch ich wichste unbeirrt sein dickes Ding weiter, und einen kurzen Moment später entlud es Spermaströme auf seinen Bauch. Er konnte nicht weit spritzen, aber dieses Manko machte er mit der Saftmenge wett. Die weiße Flüssigkeit sickerte in die Matte schwarzer Haare, die seinen Unterleib bedeckte.

Nachdem es kaum vorbei war und er sich einigermaßen erholt hatte, sprang er aus dem Bett und zog sich wieder an. Er wischte sich nicht mal ab, so daß der Saft sofort sein

Hemd durchtränkte und einen großen feuchten Fleck hinterließ. Er tat so, als sei zwischen uns nichts geschehen, obgleich er mich einlud, wiederzukommen, und mir sagte, er habe einige US-Pornos, falls wir uns diese anschauen wollten. Ich dankte ihm und sagte, ich müsse gehen.

Er schrieb mir seine Telefonnummer und Adresse auf, und ich steckte den Zettel in meinen Rucksack. Doch ich bezweifelte, daß ich ihn anrufen würde. Ich hatte Lust auf ihn gehabt, und vielleicht würde ich wieder Lust auf ihn haben, doch jetzt wußte ich, wo Männer zu finden waren.

Es war noch immer heiß, als ich durch die Straßen lief. Doch das machte mir nichts aus. Der Sex und der Geschmack nach Schwanz in meinem Mund hatten mich high gemacht, so daß ich alles andere vergaß.

Ich lief zurück zum Platz unterhalb der Alhambra und setzte mich wieder auf eine Bank vor dem Hotel. Es war kurz vor eins. Nach dem Mittagessen würde bestimmt eine Horde Touristen kommen. Mein Schwanz begann wieder steif zu werden, während ich wartete.

Eines war sicher, gleich nach der Siesta würde ich mir eine Packung Kondome kaufen.

Über die Pyrenäen - 1955

Kyle Stone

Mit einem Ruck fuhr der Zug wieder an. Ich schaute zu, wie der spärlich beleuchtete Bahnsteig langsam entschwand und die dunklen, ernsten, über ihre Bajonette gebeugten Spanier in ihren schlabbrigen, weiten Mänteln mit sich nahm. Hinter einer gezackten Bergspitze stieg der Mond auf.

»Was dagegen, wenn ich mich zu Ihnen setze?« An der Tür unseres Abteils stand ein amerikanischer Soldat, der sich mit einem Arm an den Türrahmen lehnte und mit dem anderen seinen Armeesack hielt. Er war groß und selbstsicher, und sein blondes Haar war kurzgeschoren. Seine Uniform hatte nichts Schlabbriges. Seine Stiefel glänzten unglaublich, und sein Lächeln war breit und freundlich. Er hatte grüne Augen.

»Bitte sehr«, sagte meine Mutter. »All diese Männer da draußen auf dem Bahnsteig, so bis an die Zähne bewaffnet, wirken ziemlich beunruhigend.« Sie deutete vage zum Fenster.

»Das sind Soldaten von Franco«, stellte ich fest, entschlossen, die Konversation mitzubestreiten. »Sie sind auf unserer Seite.«

Mutter lächelte und setzte die Unterhaltung mit dem Amerikaner fort. Es war ihre Art, mich daran zu erinnern, daß ich noch ein Kind war, obwohl ich gerade achtzehn geworden war und im Herbst aufs College gehen würde. Er war zum aus der Haut fahren.

Mutter stellte mich als Johnny vor. Ich wurde rot und streckte die Hand aus. »Nett, Sie kennenzulernen, Captain Forrest. In Wirklichkeit heiße ich allerdings Jonathan.«

»Angenehm, Jonathan. Nenn mich Al. Schlicht und einfach Al.« Er schüttelte mir enthusiastisch die Hand. Ich wurde noch roter. »Ich bin unterwegs nach Madrid.«

»Wir auch.« Mutter zog aus ihrem altmodischen Kosmetikkoffer eine silberne Flasche und goß einen Schuß Sherry für Al und sich und einen kleineren für mich ein. »Wir kommen aus Toronto, droben in Kanada. Und Sie?«

»Meine Heimatstadt ist so klein, daß man sogar im Nachbarbezirk noch nie davon gehört hat«, sagte er. »Sind Sie in den Ferien?« Al schaute mich an, aber ehe ich antworten konnte, ließ meine Mutter die Geschichte mit meinen schlechten Augen vom Stapel und daß sie und mein Vater beschlossen hatten, mich mit einem Vorrat an Erinnerungen auszustatten, für den Fall, daß unsere Reise zu dem berühmten Dr. Barraquer in Barcelona keine Wunder wirken sollte. Ich kannte den Sermon. Inzwischen hörte ich kaum noch zu, aber mir mißfiel der Gedanke, daß schlechte Augen mit der Unfähigkeit gleichzusetzen seien, für mich selbst zu sprechen.

Ich sank in meinen Sitz zurück und trank meinen Sherry, während meine Augen an unserem Gast klebten. Genau in diesem Augenblick wußte ich, daß Captain Al eines der tollsten Erlebnisse überhaupt werden würde. Ich spürte, wie meine Lenden bei dem Gedanken an seinen tollen blonden, muskulösen Körper unter der Khakiuniform warm erglühten. Ich stellte mir vor, wie seine Füße wären, wenn ich ihm die Stiefel aufschnüren, sie herunterreißen, ihm die schweren Socken ausziehen und die drahtigen Haare auf der rauhen, geröteten Haut freilegen würde. Ich atmete tief ein und konnte den süßen Duft nach Schweiß und Hitze, Leder und Wolle beinahe riechen. Sein Bild würde eine wunderbare Ergänzung meiner Traumwelt abgeben, ganz oben gleich neben James Dean und Marlon Brando.

Mutter servierte Jacobs' Wasserbisquits und Käse, als säßen wir Sonntagnachmittag zu Hause und nicht mitten in der Nacht in einem düster beleuchteten spanischen Eisenbahnwaggon. Al schien die Szene zu genießen, aber von Zeit zu Zeit zog er den Kopf ein und schaute mich an und zwinkerte mit seinen grünen Augen. Einmal öffnete er seine saftigen Lippen, gerade so weit, daß man die Zungenspitze sehen konnte. Dann wandte er sich wieder ab, um eine Frage zu beantworten, ganz Ohr für meine Mutter, als sei sie das einzige Wesen auf der Welt, das zählte.

Aber interessierte er sich wirklich für mich? Mich beschlich das Gefühl, daß seine tiefen Blicke und das gelegentliche Zwinkern etwas zu bedeuten hatten. Aber was? Dachte auch er, ich sei ein Kind, das man unterhalten müsse? Oder war es… etwas anderes?

Ich schluckte und ließ mich, als wir durch eine Kurve fuhren, absichtlich vom Zug an seinen Schenkel schleudern. Ein langes, klagendes Pfeifen verschluckte unsere Worte, als ich mich entschuldigte und er mir versicherte, alles sei in Ordnung. Fein. Klasse.

Er zwinkerte.

Ich wurde rot.

Meine Mutter fing an einzunicken.

Al schwang seine langen Beine auf den Sitz ihm gegenüber neben meiner Mutter, die die Tür bewachte wie ein großer Labrador. Er legte sich zurück, verschränkte die Arme, schloß die Augen.

Enttäuscht lümmelte ich mich in meine Ecke, stützte mich mit den Füßen an der Sitzkante ab und betrachtete ihn mir durch die Wimpern hindurch. Seine Arme waren stark, seine Handgelenke kräftig und mit goldenen Haaren bedeckt. Seine Oberschenkel waren breit und fleischig, und als ich ihm in den Schritt schaute, sah ich eine dicke Fleischbeule, die den groben Stoff spannte. Einen Schlag lang setzte mein Herz aus. Hatte er gerade einen feuchten Traum? War da vielleicht noch ein anderes äußeres Indiz für seine sexuellen Phantasien? Ohne nachzudenken, kroch meine Hand zwischen meine Beine und knetete meine Erektion, die von dem Anblick größer wurde.

Dann schreckte ich auf und zuckte unter dem grünen Blick mit der Hand zurück. Erwischt! Ich machte den Mund auf. Machte ihn zu. Sein Zeigefinger berührte seine Lippen. Sein Kopf ruckte in Richtung der Abteiltür.

»Ich muß mal«, flüsterte er.

»Ich auch.«

Ich folgte ihm auf den dämmrigen Korridor, wo er stehenblieb und sich umschaute. Die schwarzen, mondbeschienenen Berge zogen draußen vor den Fenstern vorüber, bedrohlich und gleichzeitig irgendwie mitverschworen. In einer solch unwirklichen Umgebung war alles möglich.

»Hier entlang«, flüsterte er und deutete nach rechts.

Ich folgte ihm, eine Hand an die kühle Glätte der Fenster gelegt. Mein Herz pochte. Meine Beine zitterten vor Aufregung. Mein Schwanz war schon halb steif. Unter meinen Füßen ratterte die Gleise, und ihr unregelmäßiger Rhythmus übertrug sich auf mein Herz.

»Rauchst du?« Al hielt an und lehnte sich mit der Schulter an ein Fenster.

Ich nahm die angebotene Zigarette und beugte den Kopf über die Flamme seines Feuerzeugs. Rauch stieg mir in die Augen, und ich bemerkte die Härchen auf seinem Handrücken, die in der Flamme dunkel golden schimmerten. Ein paar Augenblicke lang konzentrierte ich mich darauf, den

Rauch in die Lungen einzuziehen und wieder auszublasen, bemüht, nicht zu husten. Al hatte seinen Schlips gelockert, und seine Uniformjacke stand offen und gab den Blick auf das Khakihemd frei. Während ich noch hinschaute, zog er den Schlips aus und öffnete die oberen Hemdenknöpfe. Ich wendete den Blick ab.

»Wie lange fahrt ihr denn schon durch Europa?« fragte er.

»Ungefähr sechs Monate.«

»Und es macht dir nichts aus, die Schule zu versäumen?« Er grinste, offenbar hatte er es als Witz gemeint.

»Ich mache meine Aufnahmeprüfungen, wenn wir im Frühjahr zurückkommen. Die Sprachen sind ein Klacks, und Geschichte ist eh mein Ding. Wenn wir nach Barcelona kommen, wohnen wir bei einem Freund meines Vaters, und solange wir hier sind, kriege ich Privatunterricht. Hauptsächlich Mathe und Physik.« Ich hielt den Atem an, Es schien mir, als hätte ich stundenlang ununterbrochen geredet.

Al schaute mich an mit blitzenden Augen, die meine törichten Worte zerlegten, alle meine verborgenen Wünsche lasen, die mir jeden Augenblick aus dem Mund zu sprudeln drohten.

»Ich werde jetzt gerade mit Maria Chapdelaine fertig«, stammelte ich verzweifelt weiter. »Ich glaube allerdings, daß es bescheuert ist, den ganzen Vokabelkram, nur darüber, wie man drei Baumstümpfe ausreißt und lauter so'n Pionierzeug, zu lernen.«

»Manchmal muß man sich durch ganz schön viel Mist buddeln, um zum guten Teil zu kommen«, sagte er. Er ließ seine Zigarette auf den Boden fallen und zertrat sie unter seinem Absatz.

Ich tat das gleiche.

»Weiter geht's.« Er lief durch den Flur und führte mich in

ein leeres Abteil. Nachdem ich eingetreten war, schloß er die Tür und nahm etwas aus den Hosentasche, womit er sie irgendwie verriegelte.

Ich spürte, wie mir Panik in die Kehle stieg. Aber meine einzige Furcht war, daß er es sich anders überlegen könnte – beschließen könnte, daß er mich nicht würde anfassen wollen mit seinen großen Soldatenhänden. Die Gleise ratterten schneller, als der Zug über eine Brücke holperte. Abrupt setzte ich mich hin. Ich wußte nicht, was ich mit meinen Händen anfangen sollte.

»Wo seid ihr denn bisher gewesen, auf eurer tollen Reise?« Er ließ sich in den Sitz neben mir fallen und lehnte sich zurück, um in seiner Jackentasche nach seinen Zigaretten zu kramen.

»Wir sind eine Weile in London geblieben, dann fuhren wir rauf nach Edinburgh, um Freunde der Familie zu besuchen, und dann verbrachten wir eine Weile im Lake District.« Ich schluckte. Seine Hand lag auf meinem Oberschenkel. »Ich wollte nach Cornwall, um das Land von König Arthur zu sehen, aber dahin sind wir nicht gekommen. Wir sind statt dessen nach Paris gefahren, wo ich 'ne Menge Theaterstücke in der Comédie Française gesehen habe. Es war… echt 'n Ding. Ich… liebe das Theater, Sie nicht? Aber das Beste, was ich je gesehen habe, war in London. Wir gingen fast jeden Abend hin, und –« Ich konnte nicht länger so tun, als würde ich nichts bemerken. Seine Hand bewegte sich zwischen meine Beine.

»Ich mag Filme«, bemerkte er. »Cinemascope ist toll. Schon mal gesehen?«

»Ich… äh… ja, glaub' schon. *Das Gewand*…«

»Das macht dir doch nichts aus, oder?« Seine Hand lag jetzt über der Beule in meiner grauen Flanellhose.

»Nein, nein. Es ist nur, also, ziemlich schwer, sich zu unterhalten –«

»Dann hör doch auf zu reden.«

Urplötzlich öffnete Al meinen Hosenschlitz und zog meinen Schwanz heraus. In fasziniertem Entsetzen schaute ich zu, wie sich seine große Hand um mein zuckendes Glied legte. Ich hielt den Atem an. Meine Welt war zu dem heißen Zentrum zwischen meinen Beinen zusammengeschrumpft, wo meine pilzförmige Eichel purpurrot glühte. Nichts Vergleichbares war mir je zugestoßen. Auf ihrer Spitze glitzerte wie eine Perle ein Lusttropfen.

Mit einem Stöhnen sank Al auf die Knie und beugte den Kopf. Ich wollte sehen, wie mein Fleisch in die feuchte Wärme seines Mundes hineinglitt, aber das Gefühl war zu stark. Ich schloß die Augen und vergrub mich mit den Händen in das feste Plüschpolster, als ich spürte, daß ich die Kontrolle verlor. Mein ganzes junges Leben lang hatte ich mich zusammengenommen. Jetzt, da dieser fremde Soldat mich aussaugte, fühlte ich alles in einer heiße Woge der Leidenschaft entgleiten. Ich versuchte, ihm die Beine um den Hals zu schlingen. Ich keuchte und schrie und krümmte mich. Für einen Moment wurden das Rattern der Schienen und das Rucken des Zuges Teil meines Orgasmus, während Al meine jungfräulichen Säfte schluckte und die spanischen Hügel draußen an den Fenstern vorbeihuschten.

Ich konnte nichts denken… konnte nicht sprechen. Ich war mir seiner Zunge bewußt, die mich sauberleckte, und seiner Hand, die mir meinen Schwanz wieder in die Hose stopfte. Ich wünschte, er würde weitermachen, mich weiter erkunden… mir den grauen Flanell vom Leib reißen, den Schlips herunterziehen, mich überall mißbrauchen, überall! Aber zu sagen, was ich wollte, war mir genauso wenig möglich, wie zu fliegen.

»Du bist schön«, sagte er.

»Danke. Du auch.« Meine Stimme klang merkwürdig, die Worte gezwungen, formell, so weit entfernt von dem, was ich wirklich fühlte. In meinen Augen brannten Tränen, und ich wandte mich ab und starrte in die Finsternis hinaus.

Al stand auf und steckte sich das Hemd ein. »Ich bin gleich zurück. Muß mal.«

Ich nickte. Als er zurückkam, waren meine Tränen getrocknet. Ich stand in dem schwankenden Korridor und rauchte eine seiner Zigaretten.

Wir rauchten schweigend, während wir so nahe beieinanderstanden, daß sich unsere Hände auf der Stange vor dem Fenster fast berührten. Zugleich traten wir die Zigaretten auf dem Fußboden aus und kehrten in unser Abteil zurück. Meine Mutter schlief immer noch. Al zwinkerte, lächelte und schloß die Augen. Erschöpft schlief ich rasch ein.

Als ich aufwachte, schien die Sonne. Al war gegangen.

Mein Vater schmiß zu unserer Begrüßung zu Hause eine große Gartenparty. Alle waren da; die Familie, Freunde, Nachbarn, Mitglieder der verschiedenen Clubs, denen meine Eltern angehörten. Sie ließen sich darüber aus, wie erwachsen ich aussähe, wie weltmännisch ich geworden sei. Sie fragten nach den europäischen Mädchen und lächelten und fuhren dann mit anderen Fragen fort. Sie wollten nicht wirklich etwas wissen. Ich machte mir keine Mühe mit den interessanten Geschichten, wie die, als wir in Barcelona eine evangelische Kirche betreten hatten, an dem Tag, als sie von steinewerfenden Jugendlichen überfallen wurde; oder wie jedesmal, wenn ich politische Fragen zu stellen versuchte, unsere spanischen Freunde die Türen und Fenster verriegelten, die Vorhänge zuzogen und in der Mitte des Zimmers die Köpfe zusammensteckten, bevor sie ein Wort sagten. Ich erzählte ihnen, was sie hören wollten. Ich erzählte vom Prado, dem Louvre, den wundervollen Festen, denen wir als Gäste des Duque de Luna in Madrid beigewohnt hat. Ich war zu Tränen gelangweilt. Alles war immer noch dasselbe. Die kurzen weißen Handschuhe, die doofen Hüte, die den Frauen auf dem Kopf saßen wie zerzauste Vögel; die gleichen grauen Flanells und Blazer und Schulkrawatten. Aber ich hatte mich verändert.

Als Steven Sanders erschien, atmete ich erleichtert auf. Er war Klassensprecherr in meiner alten Schule gewesen. Er war sehr beliebt, hatte aber nie eine feste Freundin. Jetzt erkannte ich zum erstenmal, warum.

»Wie wär's mit 'ner amerikanischen Zigarette?« sagte ich, als er sich aus den Armen der kichernden Carringtonschwestern befreit hatte.

»Klar, aber ich dachte, du würdest irgendeine französische Oh-là-là-Marke rauchen.«

»Ich doch nicht. Komm rein.« Ich führte ihn in mein Zimmer im zweiten Stock. Es machte mir nichts mehr aus, daß es das Zimmer eines Schuljungen war, dekoriert mit Schwimmpokalen und Mannschaftsfotos. Ich schaltete das Radio ein. Der Song *Memories Are Made of This* fing gerade an, als ich mir eine Camel anzündete. Der erste Zug brachte mir Als Bild so scharf ins Gedächtnis, daß ich mich abrupt aufs Bett setzte.

»Du siehst verändert aus«, sagte er.

»Bin ich auch.« Ich schaute zu Stevens rundem, jungenhaftem Gesicht auf, das von dunklen Locken umrahmt wurde und auf dessen Wangen sich die ersten Spuren eines Bartwuchses zeigten. »Hast du *Die Faust im Nacken* gesehen?« Steven lümmelte sich neben mir hin und nahm einen langen Zug. »Noch nicht.«

»Lust, mit mir hinzugehn?« Ich griff um ihn herum, um die Asche meiner Zigarette abzustreifen. Ich spürte, wie die Atmosphäre zwischen uns knisterte, und ich wußte! Ich wußte!

Steven war mein zweiter Mann, und diesmal war ich der Lehrer. Ich berührte ihn so wie Al mich berührt hatte. Ich lutschte ihm den Schwanz und trank seine erstaunten Säfte. Ich aalte mich im heißen, salzigen Schweiß zwischen seinen Beinen und leckte die rauhen, schwarzen Schamhaare an der Wurzel seines Schwanzes. Und ich kehrte mit einem Lächeln auf den Lippen zur Party zurück.

»Da bist du ja!« rief Tante Charlotte. »Jetzt erzähl mir aber von Paris! Habt ihr das wundervolle Restaurant in Marais besucht, von dem ich euch erzählt habe?«

»Ein paarmal«, versicherte ich ihr, »ich habe sogar das Kalbsbries probiert, das du empfohlen hast.«

»Ach, die Grand Tour«, sagte meine Tante mit von Erinnerungen verklärtem Blick. »Reisen erweitert den Horizont.«

Über ihren Kopf hinweg lächelte ich Steven zu. »Das tut es ganz gewiß.«

ROYAL FLUSH

R. S. Thomas

Die Wüste um uns herum brüllte: Sie brüllte vor Hitze, Glasscherben und Wellen beißenden Sandes. Es hätte ein Abbild der Hölle sein können, aber der gute alte Dante hätte das hier nicht verkraftet. Ich fluchte, als ich zum dritten Mal eine Eidechse überfuhr.

Ich warf einen Blick auf Shawn, der auf dem Rücksitz ausgestreckt schlief. Sein Gesicht eine Maske aus Hitze und Qual. Selbst so war er noch zum Anbeißen. Zuerst hatte er gelacht, als ich ihn gebeten hatte, mit mir zu kommen. Um mit Shawn zu sprechen, war ich in Ronnys Wohnung aufgekreuzt, als dieser, wie ich wußte, zur Arbeit war. Ich sagte ihm, daß ich weggehen und nicht zurückkommen würde. Er konnte mitkommen oder bleiben, wo er war, und noch eine verdammte Ewigkeit mit Ronny zusammenleben. Ich sagte ihm, daß ich weit fortgehen würde, um vor einem vermasselten Deal in L.A. zu flüchten und mich um einen anderen Deal in Oklahoma City zu kümmern. Ich konnte ihm nichts versprechen, außer daß ich nicht zurückkommen würde.

Er hatte noch ein paarmal nervös gelacht und eine halbe Schachtel Zigaretten geraucht, während er noch zögerte und darüber nachdachte. Er blickte mit seinen haselnußbraunen Augen im Zimmer umher und dann wieder mich an, während er die beiden Alternativen erwog.

Ich hatte ihm zehn Minuten zum Packen gegeben.

Es gab hier keine Bullen, die in dieser Wüstenhölle einen Temposünder an die Seite gewinkt hätten. Also war jetzt die Gelegenheit, so viel Highway wie möglich hinter mir zu lassen. Ich würde fahren wie der Teufel, um meine Verabredung einzuhalten, und für einen Teufel war das hier genau die richtige Straße. Ich zog mir während der Fahrt das T-Shirt aus.

Mit 180 schnickte ich eine weitere Eidechse weg. Ich steckte ein neues Band ins Casettendeck, drehte aber nicht lauter, um Shawn nicht zu stören. Ich dachte an seine Augen, seine rattige, blonde, ausgebleichte Rockerfrisur, sein Gesicht, das seinen baldigen einundzwanzigsten Geburtstag verriet, seinen schläfrigen Mund, der sich oft zu einer sarkastischen Schnute verzog. Scheiß drauf, er war immer noch jemand, für den man hätte sterben können, und beim Fahren dachte ich an seine vollen Lippen, die sich so gut küssen ließen, seinen kleinen Arsch, seine gebräunten, muskulösen Beine. Seit diesem einen Mal, seit dem Royal Flush, war bei Ronnys allabendlichen Pokerrunden, bei denen Shawn uns mit freiem Oberkörper, in abgeschnittenen oder hautengen Jeans die Drinks servierte und die Aschenbecher ausleerte, die Spannung greifbar. Höflich ausgedrückt hätte man ihn »Callboy« oder »Schützling« genannt, doch er war nichts weiter als ein billiger Stricher, der seinen jungen, weißen Arsch verkaufte und dem gefiel, was er bekam, sowohl an Barem als auch an, äh, vergänglichen Gütern. Er war Ronnys Junge, und er war dem Mann, der die Miete zahlte und für Koks sorgte, ergeben. Ronny reichte ihn nie herum, wie es die anderen Kerle mit ihren Jungs machten. Aber bei jeder Partie oder jedesmal, wenn wir uns sonst sahen, war die gegenseitige Anziehung unverkennbar. Ein Jahr lang war es so gegangen. Bis auf jenen Royal Flush hatte ich ihn nie angerührt. Aber jetzt gehörte er mir, wohin immer das auch führen sollte.

Wir waren seit heute morgen zusammen unterwegs, und die Sonne stand im Zenit.

Ich hatte sehr wenig Gepäck. Die Umstände hatten mich um den Luxus gebracht, meine Wohnung betreten zu können. Meine einzigen Reisebegleiter außer Shawn waren die Klamotten, die ich anhatte, die Tasche auf dem Beifahrersitz und die 375er im Handschuhfach.

Shawn regte sich.

Er steckte die Hand nach vorn. Er bestand einzig und allein aus Jugend und Muskeln. »Irgendwas passiert, als ich geschlafen hab', Gus?«

»Ich hab' mir deinen Arsch betrachtet und beschlossen, daß ich ihn behalte«, sagte ich.

Er kicherte zynisch. »Und du hast nicht versucht, mich zu begrapschen, du Arschloch?«

Ich tat erstaunt. »Ich bin ein Gentleman, du dreckiger, ungebildeter Kaffer. Ich würde höchstens versuchen, dich anzutatschen, wenn du besoffen wärst und schlafen würdest.«

»A propos«, sagte er.

Ich deutete auf mein einziges Gepäckstück. Shawn öffnete den Reißverschluß und holte die Flasche Jack Daniels heraus. Er nahm einen tüchtigen Schluck und hielt sie mir hin. Ich winkte ab.

Er nahm noch einen und steckte die Flasche wieder in die Sporttasche. »Was ist in den Papiertüten?« fragte er.

»Was du nicht weißt, macht dich nicht heiß«, brummte ich.

Er zog die Flasche heraus und nahm noch einen Schluck.

Hölle, Hölle und nichts als Hölle. Als wir an Needles vorbeischossen, ballten sich die Wolken. Bei Phoenix riß der Nachthimmel auf, und der Sturm brach los. Es regnete wie aus Kübeln. Fluchend ging ich vom Gas. Ich schüttelte den Kopf und versuchte, mir den Schlaf aus den Augen zu reiben.

Shawn regte sich erneut, streckte sich und kletterte vom Rücksitz nach vorn. Er lachte.

»Ich habe geträumt, Ronny sei hinter mir her«, sagte er. »Es war irgendwie… aufregend. Als ob ich sein beschissenes Eigentum wäre oder so'n Scheiß. Obwohl ich wußte, daß er uns nicht nachkommen könnte.«

»Könnte er schon«, sagte ich. »Wir hatten ein paar gemeinsame Freunde, die ihm sagen könnten, wohin ich gehe. Die könnten plaudern.«

»Sowas würden dir deine Freunde antun?«

»Es sind nicht mehr unbedingt meine Freunde.«

Er schüttelte den Kopf. »Ronny würde uns nicht verfolgen. Der ist 'n Feigling. Der hätte nie den Mumm, mich aufzustöbern und zurückzubringen.«

»Vielleicht doch.«

»Glaubst du wirklich?«

»Klar. Das ist einer der Gründe, warum mich der Gedanke, dich mir zu schnappen, so angemacht hat.«

»Ist ja 'ne ziemlich kranke Art von Kick«, sagte er. »Du siehst müde aus. Solltest du nicht besser ausruhen?«

»Keine Zeit«, antwortete ich.

»Dann paß aber gut auf«, sagte er. »Wenn du noch müder wirst, ist ganz schnell alles am Arsch.«

Ich schaute ihn an, doch er lächelte nicht.

Der Sturm hatte sich gelegt, und die Nacht war wieder heiß geworden. Ich fuhr an den Straßenrand, und Shawn holte den Spiegel aus seinem Koffer. Wir stellten den Koffer mit dem Spiegel obendrauf hin und teilten auf. Shawn hielt nach Bullen Ausschau, während ich eine Line, dann zwei, dann drei nahm. Der Stoff war gut.

Shawn nahm seine beiden Lines, leckte den Spiegel ab, legte den Kopf zurück und stöhnte leise.

»Nicht übel«, seufzte ich. »Mir geht's schon viel besser.«

Shawn packte die Utensilien weg und lehnte sich im Sitz zurück. Ein Lächeln breitete sich auf seinem Gesicht aus.

»Hat mir gefallen, daß du gekommen bist und mich dazu gebracht hast, Ronny 'n Tritt zu geben«, sagte er. »Ich weiß, ich sollte beleidigt sein, aber ich find's scharf.«

»Das ist nicht der einzige Grund«, verriet ich ihm. »Seit diesem Royal Flush bin ich scharf auf deinen schwanzgeilen Arsch. Ich hab' mich richtig verliebt in dein armseliges Stück Fleisch, Dreckskerl.«

Er lachte, als er sich daran erinnerte. Das verdammt beste Pokerblatt, das ich je in der Hand gehabt hatte. Ronny war es heiß und kalt geworden, spät nach Mitternacht. Ich war der einzige, der den Pot zurückgewinnen konnte, und ich konnte es mir nicht leisten, das Geld zu verlieren. Er genauso wenig – ich wußte, daß er Schulden hatte, an denen er schwer kaute. Mir war bekannt, daß Ronnys Leben, wenn er die nächste Runde nicht gewann und mir den Rest meiner Moneten abnahm, von gewissen Spielverderbern bedroht war, bei denen er dick in der Kreide stand. Aber Ronny schaffte es nicht. Wir spielten Runde um Runde, hin und her.

Wir kämpften bis 3 Uhr morgens, und Ronny verlor eine ganze Stange. Er war verzweifelt. Der Gestank nackter Angst sickerte durch den Zigarettenqualm und Fuselgeruch. Mitten im Spiel hatte er plötzlich kein Geld mehr und wollte Kredit von mir. Ich kratzte die Moneten zusammen und war drauf und dran, rauszugehen. Ronny bettelte. Nichts zu machen. Er flehte mich an. Ich lachte. Ich machte mich über ihn lustig und sagte ihm, er solle sich um seine Angelegenheiten kümmern. Dann bot er mir Shawn an. Nur ein Blowjob. Der Junge rutschte unbehaglich hin und her. Ich machte Halt und lächelte. Ich setzte mich hin und legte das Geld auf den Tisch. Als ich meine Zigarette ansteckte, hatte ich schon einen Steifen. Scheiße! Ich hätte nie gedacht, daß Ronny seinen Jungen auf diese Art verwetten würde!

Ronny wurde wagemutig mit einem Full House – Asse und Damen. Ich übertrumpfte ihn mit einem Royal Flush – der Stoff, aus dem die Träume sind. Ronny atmete schwer und zog an seiner letzten Zigarette, während Shawn in die Knie ging und unter den Tisch krabbelte. Die anderen Kerle johlten und weckten ihre Nachbarn auf, während sie sich herandrängten, um zuzuschauen.

Ich war auf Shawn scharf gewesen, und als ich sah, wie er auf die Knie sank, um mich zu bedienen, wurde ich schärfer auf ihn denn je. Shawn steckte sich meinen Schwanz der Länge nach in die Kehle. Meine Augen rollten in ihre Höhlen zurück, während er mich bearbeitete, und ich schoß ihm meine Ladung in den Mund und genoß es, wie er sie schluckte. Ronny sah aus, als bekäme er gleich einen Herzkasper; ich lachte ihn aus, nahm mein Geld und ging. Es war das einzige Mal gewesen, daß Shawns Körper meinen berührt hatte. Bis jetzt.

Und ich wußte, daß die Erinnerung an diesen Royal Flush schwer in Ronnys Kopf lastete. Er würde uns verfolgen. Dessen war ich sicher.

»Der Royal Flush. Hatte ich fast vergessen.«

»Hast du nicht, du Arschloch.«

Shawn lachte. »Na schön, hab's halt nicht vergessen. Das ist 'n Jahr her! Hmm, ist gut, das Koks. Was, verdammt noch mal, meinst du mit *verliebt*? Erzähl bloß keinen Scheiß, Gus. Auf diese Art kommst du mir nicht an die Hose.«

Ich schüttelte den Kopf. »Dann eben auf deine Art.« Ich schickte mich an, den Zündschlüssel umzudrehen.

Er streckte die Hand aus und hielt mich auf. »Noch nicht«, sagte er. »Ich hab' noch was zu erledigen.«

Seine Hand lag in meinem Schoß, und seine Finger fummelten am Reißverschluß. Er blickte zu mir auf. Seine Augen waren vom Koks verschleiert. Er schaute gut aus. Ich streckte die Hand aus, um sein Gesicht zu meinem zu dirigieren, aber er schüttelte den Kopf und stieß sie beiseite.

Shawn kriegte meine Hose auf und beugte sich über die Handbremse. Ich lehnte mich im Sitz zurück, während seine Hände meinen Schwanz fanden; dann senkten sich seine Lippen. Er nahm ihn ganz auf, und sein Kopf hüpfte in meinem Schoß auf und ab. Ich ließ eine Hand auf seiner Schulter liegen, während er es mir besorgte.

Seine Lippen waren heiß und weich. Ich entspannte mich, schloß die Augen und ließ mich vom Koks und von der Lust, die sein Mund mir bereitete, treiben. Ich stieß einen leisen Seufzer aus, und Shawn machte weiter, als ginge es um sein Leben, die Finger um die Schwanzwurzel und den Mund über die Eichel gestülpt. Mein Atem ging schnell. Mein Schwanz fing an zu spritzen, und er schluckte fester, schleckte ihn ab, glitt mit dem Mund auf und ab und bearbeitete mich mit der Faust, um mir die heiße Soße aus dem Leib zu pumpen.

Er setze sich auf und wischte sich den Mund ab. Er lächelte mich mit glänzenden Lippen an. Shawn streckte die Hand aus und richtete meine Hose, dann entspannte er sich in seinem Sitz.

Ich ließ den Wagen an.

Als wir mit leeren Mägen in Tucumcari ankamen, mußte ich essen und schlafen. Selbst ich brauchte manchmal eine Pause. Ich schaute mich immer wieder um, in der Gewißheit, daß Ronny uns folgte, oder überzeugt, daß er in der nächsten Stadt auf uns wartete. Ich fing an, die Ruhe zu verlieren. Wir hatten noch zweimal den Spiegel ausgepackt, und jedesmal hatte Shawn sich über die Handbremse gebeugt. Mit jedem Mal wurde sein Mund fordernder, wenn sich seine Lippen über mir schlossen.

Tucumcari erfreut sich des zweifelhaften Ruhmes, die billigsten und schäbigsten Hotels an der I-40 zu besitzen. Wir stolperten in so ein scheiß Haus, siebzehn Dollar die Nacht. Es handelte sich um das beschissene Tucumcari Hilton. Wir nahmen ein Abendessen zu uns, das von einer Frau mit Bienenkorbfrisur serviert wurde. Wir redeten nicht viel, und ich trank drei Tassen Kaffee.

Im Zimmer fing ich an, verschwommen zu sehen. So sehr, daß ich sogar nur undeutlich sah, wie Shawn seine abgeschnittenen Jeans und sein Unterhemd auszog und im Jockstrap an Fenster stand. In seinen goldenen Haaren schimmerte das Licht. Sein Arsch unter der weißen Baumwolle war glatt, und seine Beine waren lang und toll und rasiert. Ich wußte, daß seine rechte Brustwarze gepierct war. Ich ging zu ihm und streckte die Hände nach ihm aus, legte ihm die Arme um die Hüften, ließ meine Finger durch die feuchte Baumwolle seines Jockstraps hindurch um seinen Schaft kreisen. Meine andere Hand spielte mit seiner gepiercten Brustwarze. Er drehte den Kopf, als wolle er über die Schulter schauen, und küßte mich; seine Zunge war weich und warm, wie sie es im Auto gewesen war.

Er drehte sich um und preßte seinen Körper an mich. Er stieß mich aufs Bett zurück und legte sich über mich. Seine Zunge zog einen Pfad über meine Kehle. Er fing an, an meinen Eiern zu lutschen, und ich wurde scharf. Dann ging er zu meinem Schwanz über, nahm mich tief in die Kehle auf und pumpte, bis ich kurz davor war, danach bearbeitete er mich mit der Faust, während ich ihm übers Gesicht und in die Haare spritzte.

Ich war eingeschlafen, noch ehe er ganz ausgezogen war. Als ich endlich aufwachte, hatte Shawn für Essen gesorgt. In einer Schale auf dem Nachttisch türmten sich Brathähnchen. Er trug hautenge Jeansshorts und ein schwarzes T-Shirt. Er saß auf der Bettkante und sah bei abgeschaltetem Ton fern. Ich setze mich auf und schlang ihm die Arme um die Hüften.

»Wie spät ist es?« fragte ich.

»Gegen zwei.«

»Was für'n Tag?«

»Donnerstag.«

»Scheiße«, sagte ich. »Wir müssen los und zwar schnell.«

Ich glitt mit der Hand auf seinen Oberschenkel. Die Shorts waren an den Beinen stark zerschlissen und saßen eng über seinen Eiern; ich riß den Stoff auf. Ich spürte die Wärme zwischen seinen Beinen, und er legte sich nach hinten, während meine andere Hand an dem Ring in seiner linken Brustwarze spielte und ich einen Steifen bekam.

Er stand auf und wand sich aus meinen Armen. »Wenn wir losmüssen, dann ißt du jetzt besser etwas«, sagte er.

Ich fluchte leise. Er hatte recht. Ich war noch immer vollständig bekleidet, und mein Körper war klebrig von Schweiß. Bis zu meiner Verabredung mußte wir noch eine Menge Land gewinnen. Ich blickte Shawn nach, als er ins Bad ging und die Tür schloß.

Wenn ich mehr Zeit hätte, dachte ich, *würde ich mir von so 'nem dreckigen Miststricher sowas nicht gefallen lassen.* In einer vollkommenen Welt hätte ich ihm das eine oder andere beigebracht... aber dazu war keine Zeit. Fürs erste würde ich mich also mit seinem smarten Mundwerk abfinden, zumal es eher auf angenehme als auf unangenehme Art smart war. Ich setzte mich auf die Bettkante und machte mich über die Hähnchen her.

Die Sonne glich einem Meteor; sie schien über den Himmel zu zischen. Mein Stoff war unerschöpflich, und wir bedienten uns häufig. Jedesmal befriedigte er mich auf andere

Weise, wobei er nie etwas von mir erwartete, nie zuließ, daß ich ihn, davor oder danach, küßte. Seine Hände fühlten sich gut um meinem Schaft an, und sein Mund wußte, wie er mich trockenlegen konnte. Er hielt mich bei Laune, und obwohl ich den Jungen gerne noch einmal geküßt hätte wie im Motel, war es dazu sowieso viel zu heiß.

Wir erreichten Oklahoma und fanden ein Motel am Stadtrand. Bis zu meiner Verabredung war es weniger als eine Stunde.

Im Motelzimmer zog Shawn sich ganz aus und stand am Fenster, das auf ein leeres Feld hinausging. Ich betrachtete ihn. Er drehte sich nicht um, um mich anzuschauen.

»Hör zu«, sagte ich. »Ich muß weg. Das mach' ich alleine. Du wartest hier, und in ein paar Stunden bin ich zurück. Versuch, ein bißchen zu schlafen, einverstanden?«

Er wandte sich vom Fenster ab und schaute mich an. Seine Brustwarzen waren klein und dunkel, und seine Schamhaare waren hell und rasiert wie seine Beine.

Er sagte: »Hör zu, Gus, ich will nicht, daß du gehst. Wir finden eine andere Möglichkeit, zu Geld zu kommen. Geh nicht zu dem Deal, okay?«

Ich lachte. »Wer hat gesagt, daß es ein Deal ist?«

»Sei kein Idiot«, sagte er. »Ich weiß, was du vorhast, und ich bitte dich, laß es. Tu's nicht. Wir gehen nach Norden; Ohio vielleicht. Ich hab' dort einen Freund, bei dem wir unterkommen können. Das, was tu tust, ist zu gefährlich.«

Ich schüttelte den Kopf. »Tut mir leid, Kumpel. Ich bin, was ich bin, und das wußtest du von Anfang an. Ich habe eine Verpflichtung übernommen, und in meinem Alter bricht man sowas nicht. Ich kann nicht einfach aussteigen, nur weil mein Mitfahrer kalte Füße bekommt.«

»Dann tu's dafür«, sagte er und schlang seine muskulösen Arme um mich. Seine Zunge bohrte sich tief in meinen Mund, und er fummelte unten herum, um mir mit seinen geschickten Fingern die Hose zu öffnen. Wir fielen zusammen aufs Bett, und nach kurzer Zeit hatte er mich ausgezogen. Mit Hilfe der Tube aus meinem Koffer schmierte ich ihn und drang von hinten in ihn ein. Ich konnte kaum glauben, wie eng sein Arschloch war. Ich fing an, in ihn hineinzupumpen, worauf er stöhnend den Kopf zurückwarf. Ich griff nach unten, um seinen Schwanz zu packen, aber er bearbeitete ihn bereits während ich ihn fickte. Ich nahm mir Zeit, langsame Stöße, bei denen mein Schwanz in voller Länge in ihm verschwand. Er versuchte, sich zurückzuhalten, aber ich rammelte ihn schneller und wußte, es würde ihm nicht gelingen. Ich hörte, wie er kam, roch seine Ficksoße und entlud mich in sein Arschloch.

Er wußte, wie er es anstellen mußte, und er tat sein Bestes, trotzdem verließ ich das Motel rechtzeitig, um den Deal zu machen.

Als ich gegen vier mit einem Koffer zurückkam, den ich zuvor nicht gehabt hatte, lag Shawn ausgestreckt auf dem Bett; er trug ein langes T-Shirt, hatte die Beine leicht gespreizt, und in seinem Schoß lag ein Rockmagazin. Ich schob den Koffer unters Bett und setzte mich neben ihn.

»Du hast's getan«, sagte er.

Ich nickte. »Jetzt müssen wir nur noch nach Memphis, und dann sind wir aus dem Schneider.«

Er lächelte, aber es sah aus, als läge Traurigkeit in seinem Blick. »Aus dem Schneider. Was glaubst du, wie lange?«

»Verdammt beschissen lange«, sagte ich.

»Na dann. Dann wär' ja alles okay.«

»Das wird super«, sagte ich und küßte ihn. Er küßte mich zurück, diesmal fester als zuvor, während meine Hände an seinem T-Shirt hochwanderten. Er warf das Magazin weg, legte die Hände an mein Gesicht und saugte meine Zunge in seinen Mund. Ich zog ihm das T-Shirt aus, und er legte sich

aufs Bett zurück, hob die Arme; die Beine noch immer gespreizt und den Arsch angehoben, lud er mich ein. Ich stand
auf, zog mich nackt aus und stieg ins Bett. Shawn wühlte
mit der Zunge in meinem Mund, dann lenkte er mein Gesicht hinunter auf seine Brust. Ich nahm jede Brustwarze
zwischen die Zähne und knabberte leicht an dem Ring. Ich
küßte mich über seinen nackten Körper nach unten.

Er stöhnte, als ich an der Seite des Betts niederkniete und
mein Gesicht zwischen seinen Beinen vergrub. Er drehte
sich auf die Seite und wandte mir seinen Arsch zu. Sanft
teilte ich seine Arschbacken und ließ meine Zunge langsam
in ihn hineingleiten. Seine Finger krampften sich in die Laken, als ich ihm die Hand zwischen seine Beine steckte; ich
knetete seine Eier und fing dann an, mit der Hand seinen
Schwanz zu wichsen. Er war gut ausgestattet, und sein
Arsch war empfindsamer, als ich es je bei einem Kerl erlebt
hatte. Ich fuhr mit der Zunge vor und zurück, auf und ab,
ein und aus und öffnete sein Arschloch, indem ich mit der
Zunge dagegenstieß und es gierig umkreiste. Dann bohrte
ich mich leckend tief in sein Arschloch, indem ich die
Zunge so weit wie möglich darin versenkte, und ging mit
der Hand nach oben, um seine Brustwarzen zu zwirbeln.
Seine Hände bearbeiteten die Nippel gemeinsam mit mir
und ließen das feste, dunkle Fleisch hart hervortreten. Mit
der anderen Hand besorgte ich es ihm mit zwei Fingern, die
langsam in sein Arschloch eindrangen und dann wieder heraus; ich wiederholte es, wobei ich ihm in die Arschbacken
biß, bis er anfing, verzweifelt zu keuchen und zu stöhnen.
Dann holte ich die Gleitcreme heraus und fickte ihn mit drei
Fingern, wobei ich die beeindruckende Enge seines Arschs
fühlte und die Finger krümmte, um jeden Zentimeter seiner
Eingeweide auszukosten. Dabei mußte er nach Luft schnappen, und fast hätte er mich verloren. Ich hielt ihn am
Schwanz fest, während ich ihn mit der anderen Hand fickte,

und stimulierte seinen Schwengel bei jedem Stoß in sein Arschloch. Ich bearbeitete seine Rute und sein Arschloch, bis ich ihn an der Schwelle hatte.

Dann warf ich mich auf ihn und stieß ihn auf das zerwühlte Bett zurück, während er seine Schenkel noch mehr spreizte und die Arme über den Kopf nahm. Ich steckte ihm die Schwanzspitze ins Loch, das feucht und offen bereitstand. Mit beharrlicher, grausamer Leidenschaft zwängte ich die Eichel hinein, wobei ich ihm mit meinem Steifen winzige Stöße versetzte, ohne ganz einzudringen. Dann gab ich ihm, genauso langsam, mit einem festen Stoß die gesamte Länge zu spüren; er wurde heiß und rot vor Lust.

Er drehte den Kopf, um mich zu küssen. Seine Zunge schlüpfte in meinen Mund, und sein Körper verkrampfte sich, als er immer näher an den Höhepunkt kam. Ich fing an, ihn mit langen, ausgiebigen, gleichmäßigen Stößen zu ficken, mit denen ich so weit wie möglich eindrang, da er es tief und hart zu mögen schien. Seine Finger gruben sich ins Bett. Ich hielt die Arme um ihn geschlungen und zwirbelte und kniff seine Brustwarzen, während ich seinen Arsch rammte. Sein nackter muskulöser Leib spannte sich im kommenden Orgasmus immer mehr an und erschlaffte, als er es schließlich kommen ließ; es war eher ein Schrei als ein Stöhnen, und er hörte nicht auf, als ich ihn immer schneller fickte. Ich konnte spüren, wie sein Arschloch zuckte und sich um meinen Schwanz krampfte, als sein Saft sich über alle Kissen ergoß.

Shawn lag, von seinem Orgasmus überwältigt, ausgestreckt unter mir, während ich ihn in die Schulter biß und ihm Ströme von Sperma ins Arschloch schoß und mich schweißüberströmt in der sanften Hitze seines Körpers entspannte.

Wir trieben es noch dreimal auf dem Motelbett. Es gab noch mehr Koks, viel mehr. Jeder Fick war besser als der vorherige, und als wir uns endlich erschöpft und in Schweiß gebadet entspannten, verkündete Shawn, er sei hungrig.

Er hatte seine Unterhose angezogen, und ich fuhr mit den Fingerspitzen am Bund nahe an seinem Schwanz entlang.

»Warum schaust du nicht im Telefonbuch nach? Es muß hier doch irgendwo einen Pizzalieferdienst rund um die Uhr geben.«

Er nickte. Ich zog meine Boxershorts an und ging zum Fenster. Ich hatte ein Auto gehört, und das war Grund zur Besorgnis. Normalerweise kam niemand nachts. Ich spähte durch den Vorhang aus dem Fenster zum Parkplatz, während Shawn die Nummer fand und anrief.

Ich lag auf den Knien, betrachtete mir die Mitternacht von Oklahoma und hielt nach dem Auto Ausschau. Ich entdeckte es.

Es war allerdings kein Polizeifahrzeug. Ronny? Schon möglich. Ich konnte es auf der anderen Seite des Parkplatzes gerade so sehen. Ich vergewisserte mich, daß der Koffer unter dem Bett war, dann holte ich den Revolver aus meiner Tasche.

»Was soll die Scheiße?« fragte Shawn, der noch immer am Telefonieren war.

»Überhaupt nichts vielleicht. Paß einfach auf, und bleib cool.«

Ich ging zum Fenster zurück, spähte hinaus und versuchte zu erkennen, wer da war. Ich überprüfte die Kanone, um mich zu vergewissern, daß sie in Ordnung war. Sie war es, und sie war geladen. Das Auto fuhr vorbei, und es war nicht Ronny, sondern zwei langweilig aussehende Kerle in Jeansjacken. Sie wendeten und verschwanden wieder auf der Straße.

Shawn legte den Hörer auf. Ich legte den Sicherungshebel um und warf die Kanone aufs Bett. »Alles klar«, sagte ich. »Im Augenblick.«

Shawn bewegte sich lautlos. Wie ein beschissener Ballett-tänzer, so daß ich nicht einmal wußte, daß er hinter mir war, bevor ich den kalten Stahl des Pistolenlaufs an meinem Ohr spürte.

»Keine Bewegung«, sagte er. »Leg die Hände auf die Fensterbank.«

Ich schaute mich zu ihm um. Er war noch immer in der Unterhose. Seine Armmuskeln waren gespannt, seine Finger lagen eng am Abzug der Kanone. Er war das Abbild dämonischer Schönheit, und fast hätte ich es getan. Fast hätte ich mich auf ihn gestürzt, im Glauben, er sei vielleicht doch nicht der kaltblütige Killer, der er war, wie ich von dem, was wir auf dem Bett getan hatten, wußte.

»Ich nehme an, das heißt, daß die Pizza nicht kommt«, sagte ich.

Er schüttelte den Kopf. »Tut mir leid, Gus. Ich habe dich gebeten, mit mir nach Norden zu gehen, und ich hätte es wirklich gemacht. Ich hätte mir etwas überlegt, und wir hätten zusammenbleiben können. Aber jetzt sind die Dinge schon zu weit fortgeschritten.«

Ich drehte mich langsam um, und Shawn wich zurück, die Pistole auf meinen Kopf gerichtet. Hielt sie korrekt mit beiden Händen.

»Versuch's nicht«, sagte er.

Ich schaute ihn von oben bis unten an. Er stellte etwas dar, ein Bild aus Tod und Muskeln, in Unterhosen und mit einer 357er. Ich seufzte. »Wie …«

»Es war nicht einfach, aber sie dachten sich, du seist es wert. Und bei dem, was ich in deinem Koffer gesehen habe, bist du's auch. Sie haben mich auf den Fall angesetzt und mich mit Ronny zusammengebracht, der keine blasse Ahnung hatte. Es hat mich ein Jahr meines Lebens gekostet, euch Drecksäcke von vorn und hinten zu bedienen und Ronny den Arsch zu lecken, und du bist der Preis. Ich hätte wirklich alles aufgegeben, als ich dich kennenlernte. Du bist nicht wie die andern, und ich kam zu dem Schluß, daß du ein anständiger Kerl bist. Aber jetzt ist alles aus. Du gehörst *mir*. Und der Fall ist wasserdicht, weißt du? Was nicht auf Film ist, ist in meinem Kopf.«

»Das ist klar.« Ich drehte mich um und schaute aus dem Fenster. Auf dem Parkplatz waren rote Lichter, und die Kerle in den Jeansjacken stiegen auch aus. Ich zählte ein, zwei, drei Schwarz-Weiße und ein paar in Zivil.

Ich drehte mich um und schaute Shawn an.

Möglicherweise hatte ich eine Chance. Wenn ich versagte, würde er mein Gehirn wie Marmelade auf der Hoteltür verspritzen. Ob er wohl zu meiner Beerdigung kommen würde? fragte ich mich.

Die Lampe war in Reichweite. Sie war lang und dünn und aus Metall und hatte einen schweren Fuß. Ich wußte, daß er wegen des geringen Schlafs und den Nachwirkungen des Koks' langsam war. Die Bullen waren noch nicht an der Tür. Vielleicht könnte ich Shawn überwältigen – und dann, mit der Kanone an Shawns Schläfe, mit den Bullen fertigwerden. Mexiko war nur zwei Tagesreisen entfernt. Ich könnte ihn sogar mitnehmen, gefesselt auf dem Rücksitz oder vielleicht im Kofferraum, als Lebensversicherung. Und zur Gesellschaft. Ich könnte es tun.

Als hätte er meine Gedanken geahnt, zog Shawn den Hammer am Revolver zurück.

Diesmal hatte er den Royal Flush. Ein Royal Flush in Gestalt einer 357er Magnum.

Ich schüttelte den Kopf und legte die Hände auf dem Rücken zusammen.

»Na dann, Officer.«

An der Tür klopfte es.

DAS LASTTIER

Aaron Travis

Mit einem scharfen Zug an dem Zügel in seiner Faust lenkt Monahan sein Reittier zu dem engen Hohlweg auf der linken Seite des Canyons. Das Pferd gehorcht, bläht die Nüstern und schnaubt geräuschvoll. Das Tier beschreibt eine Kurve, um die trügerischen Erhebungen losen Sandsteins und stachlige Kakteen zu umgehen.

Hoch über ihnen, vor dem Hintergrund einer endlosen, blendenden Bläue, wird die weite, kreisförmige Bewegung von Pferd und Reiter von dem weiten, kreisförmigen Flug eines einsamen Bussards nachgezeichnet. Es ist nicht der Geruch des Todes, was den Bussard zu der kleinen Gesellschaft hinzieht – nicht ganz, noch nicht jetzt.

Was er riechen kann und was ihn dazu anhält, Meile um Meile und Stunde um Stunde zu folgen, ist ein mächtiger Duft nach Schmerz und Furcht, die Ausdünstung von Agonie, die so oft einem langsamen Tod vorausgeht, ein köstlicher Vorgeschmack auf frisches Fleisch, das bald für den Aasfresser bereitliegen wird.

Der Gestank, der auf den Bussard so unwiderstehlich wirkt, wird nicht von Monahan oder von Monahans Pferd ausgeströmt. Er kommt von dem bepackten, schwitzenden, nahezu nackten Körper, der ihnen in weitem Abstand stolpernd und mühsam über den rauhen Wüstenboden folgt. Monahan und sein Pferd bieten einen gewohnten Anblick, zumindest sofern in der weiten Ödnis des südlichen Utah überhaupt je ein Mensch zu sehen ist. Es ist das dritte Mitglied von Monahans Gruppe, das den kleinen Geleitzug zu einem solch grotesken und seltsam faszinierenden Schauspiel macht.

Joshuas Haar ist silberblond, von der unerbittlichen Wüstensonne zu Weißgold gebleicht. Es hängt ihm über die breiten Schultern und wird von der gelegentlichen Brise, die warm und trocken durch den Canyon weht, zerzaust. Seine Augen sind von einem tiefen Grün, einer Farbe, die in einer solchen Gegend, fern von kühlem Schatten von Wiesen und Wäldern, nur selten zu sehen ist. Er hat eine breites, hübsches Gesicht, ein Gesicht, wie es von einem Bildhauer hätte modelliert sein können. Seine makellose Schönheit ist selbst jetzt, angespannt und verzerrt vor Verwirrung, Elend und Erschöpfung, augenfällig. Seine Augen sind schmal und glasig, sein Mund hängt herunter wie bei einem Schwachsinnigen, Schweiß strömt über seine eingefallenen Wangen und tropft von dem tiefen Grübchen in seinem breiten, kantigen Kinn herab.

Gegen die Rauheit der Landschaft – den zerklüfteten, brüchigen Sandstein und die niedrigen, knotigen Bäume – hebt sich Joshuas nacktes, schweißglänzendes Fleisch in starkem Kontrast ab: glatt, feucht, rosig, verletzlich. Um seinen Hals liegt eine dünne Silberkette. Von der Kette baumelt in der Sonne glitzernd ein winziges silbernes Kreuz in der unbehaarten Vertiefung auf seiner Brust.

Ansonsten ist Joshua bis auf die Stiefel an seinen Beinen nackt. Die Stiefel beschützen ihn vor Skorpionen und Dornen auf dem rauhen Wüstenboden. Die Stiefel gestatten ihm, schnell genug zu marschieren, um mit dem Pferd Schritt zu halten. Aber die Stiefel passen schlecht, und Monahan erlaubt keine Socken. Joshuas Fersen sind wundgescheuert. Mit jedem Schritt leidet er mehr, nimmt der Ausdruck von Qual in seinem Gesicht zu, verstärkt sich der

Duft der Verzweiflung, der den Bussard in gieriger Erwartung seine Kreise ziehen läßt.

Joshua kämpft sich weiter. Er hat keine Wahl. Ein langer, dünner Lederriemen verbindet ihn mit Monahan. Das eine Ende ist um Monahans Sattelknopf geschlungen, das andere ist fest um Joshuas Hoden geknotet. Das zarte Fleisch wird nach oben gezogen und steht in einem harten, angeschwollenen Wulst vom Unterleib ab, so glänzend weich und kahl wie das braune Leder, mit dem der Sattelknopf bezogen ist.

Das Gehen wird zusätzlich erschwert durch die Last, die auf Joshuas Rücken gebunden ist – achtzig Pfund an Ausrüstung und Verpflegung, alles, was Monahan braucht, um in der Wüste wochenlang ohne Entbehrung überleben zu können, und ein paar schwere Steine extra, nur um die Pein zu erhöhen. Joshua schwankt unter der Last. Sein Herz pocht wie ein Dampfhammer, seine Augen werden von sengendem Schweiß geblendet, die Muskeln auf seinem breiten Schultern und seinem Rücken brennen wie Feuer. Er hat gelernt, nicht zu stürzen – der Schmerz der scharfen Steine an seinen ungeschützten Knien ist unerträglich. Er hat gelernt, nicht den Riemen zu packen und an ihm zu ziehen, um seinen Eiern Erleichterung zu verschaffen – Monahan zieht zurück, fester. Selbst wenn Monahan ihn ausruhen läßt, muß Joshua stehenbleiben. Die Felsen sind zu heiß und die Baumwurzeln zu rissig, um sich mit bloßem Arsch hinzusetzen.

Joshua ist jung. Nach dem Gesetz ist er ein Mann, gerade so. Die Art, in der er sein Elend erträgt, verrät etwas anderes. Er zieht eine Schnute wie ein kleiner Junge. Seine Unterlippe zittert. Seine Augen schwimmen in Tränen. Ein richtiger Mann würde die Zähne zusammenbeißen und ausspucken, hält er sich selbst vor. Ein richtiger Mann würde eine Maske aus unerschütterlichem Haß und Verachtung aufsetzen. Joshua haßt sich für seine Schnute, aber er scheint sie nicht unterdrücken zu können. Er haßt es, wenn Monahan ihn beim Weinen ertappt – Monahan lächelt immer, und dann lacht er, und dann... Ihn weinen zu sehen bringt den grausamen Zug in Monahan hervor.

Joshuas Körper ist reifer als sein Gesicht – kompakt und muskulös, durch die tägliche Plackerei, der Monahan ihn unterwirft, möglicherweise noch straffer. Brustkasten und Schultern scheinen von Tag zu Tag größer zu werden, während sich seine Lungen an die Höhe anpassen und Monahan der Last einen neuen Stein hinzufügt. Seine Beine sind lang und kräftig, die Arschbacken groß, fest und rund wie aus Hartkäse. Joshua hat die Muskeln eines Mannes, in das samtige Fleisch eines Jungen gepackt, glatt und unbehaart und noch immer in der Lage zu erröten.

Nach drei Wochen nackt unter der Sonne ist sein Fleisch überall golden, obwohl ein tüchtiger Tag ohne Schatten das Gold noch immer in ein heißes, glühendes Rosa verwandeln kann. Unter Monahans flacher Hand verwandelt sich das Rosa in gespenstisches Weiß – Monahan liebt es, ihn zu versohlen, wenn er Sonnenbrand auf dem Arsch hat. Joshua fühlt eine plötzliche Schwäche, als er sich an das letzte Mal erinnert. Seine Arschbacken beginnen zu beben. Das Loch zwischen seinen Beinen bibbert und öffnet sich. Reflexartig stülpen sich die Lippen nach außen, und gegen seinen Willen klafft sein Loch weit auf.

Joshuas Blick bohrt sich in Monahans Rücken, der sich als Silhouette gegen die untergehende Sonne abzeichnet. Er blinzelt in die Sonnenstrahlen, die über die massiven Schultern des Mannes hinwegscheinen, und auf seiner schwarzen Lederweste blitzen. Joshuas Augen werden glasig, und plötzlich ertappt er sich, daß er O-beinig geht, die Füße gespreizt und die Schenkel weit offen, als wolle er Platz für das klaffende Loch zwischen seinen Arschbacken machen, das zur Größe eines Silberdollars angewachsen ist – das

Loch, das Monahan hier geschaffen hat. Das Loch, das Monahan mit seinem Schwanz aufgebrochen hat und durch tägliche Dehnung offenhält. Joshua beißt sich auf die Unterlippe, um sie am Beben zu hindern, während ihm eine einzelne Träne über die errötende Wange rinnt…

Joshua liegt am Teich flach auf dem Rücken auf einem steinernen Sims. Wasser rinnt in kleinen Bächen von seinem Körper und steigt als feiner Dampf von seiner nackten Haut auf; die Sonne ist fast untergegangen, aber was vom Tag übrig bleibt, ist noch immer unmenschlich heiß.

Stiefel und Gepäck sind sorgsam an einen Felsvorsprung gelehnt. Der Lederriemen bleibt um seine Eier geschlungen und fesselt ihn an einen verkümmerten Baum neben dem vom Frühling aufgefüllten Teich. Der Riemen hat ihn zwischen den Beinen wundgescheuert, ebenso wie die Stiefel seine Füße aufgerieben haben. Wenn das Leder trocknet, zieht es sich noch enger um die Eier, wie immer. Aber Joshua wagt es nicht, ihn abzunehmen.

Das kurze Tauchbad im Wasser hat ihn entspannt, soweit das möglich war. Seine Schultern schmerzen noch immer, und sein Fleisch ist versengt. Aber der Schweiß ist aus seinen Augen gewaschen, und ein sanfter, angenehmer Schimmer durchdringt die gut ausgebildeten Muskeln an Schenkeln und Hintern. Die momentane Entspannung wird von einem tiefen Gefühl des Furcht überschattet. Das Bad ist keine Belohnung, sondern eine Vorbereitung. Monahan mag es, wenn Joshua blitzsauber ist. Sein nackter, braunärschiger Leib rieche dann süß wie der eines Mädchens, sagt Monahan. Er denkt sich immer etwas Besonderes aus, etwas, das er noch nie mit Joshua gemacht hat – wie beim letzten Mal…

Joshua beißt die Zähne zusammen und schließt die Augen, als er spürt, wie sein Loch wieder anfängt, sich weit zu

öffnen. Seine Eier in der Lederschlinge fühlen sich an wie
Blei. Er muß nicht nach unten schauen, um zu wissen, daß
sein Schwanz steif wird und sich nach oben reckt bis zum
Nabel.

Joshua dreht den Kopf und späht aus halb geöffneten Augen zu Monahan. Der Mann steht bis zu den Knien und
nackt im Teich, trocknet sich mit einem Stück Tuch und
schüttelt das Wasser aus seinen zottigen, schwarzen Haaren
und seinem herabhängenden Schnauzer. Beim Anblick des
nackten Monahan fühlt Joshua sich mehr denn je als Junge.
In den letzten roten Sonnenstrahlen wirkt die Behaarung,
die sich auf der Brust des Mannes kräuselt, wie ein Flammenmeer. Die mächtigen Muskeln spannen und strecken
sich unter seinem bleichen, vernarbten Fleisch, das wie aus
Granit gemeißelt scheint.

Monahan ist nicht so viel älter als Joshua – im gleichen
Alter wie Joshuas ältester Bruder Eli, wenn Eli nicht am
Fieber gestorben wäre, als Joshua klein war. Sechs Jahre älter, vielleicht sieben; aber kein Mensch würde je Monahan
ansehen und ihn für einen Jungen halten. Er dreht sich zur
Sonne, so daß Joshua ihn von der Seite sieht – die breiten
Arme und die Brust, die schmale Hüfte, der Mast aus
Fleisch, der halbsteif wie der Arm eines Babys zwischen
den Beinen des Mannes herabhängt, lang und plump und
weich.

Joshua zieht die Luft ein. In seinem Mund läuft das Wasser zusammen. Seine Eier zucken. Sein Loch zieht sich
angstvoll zusammen, dann klafft es wieder auf, obgleich er
versucht, es zu verkrampfen. Gewaltsam wendet er den
Blick von Monahan, schaut zum purpurfarbenen Himmel
auf und bemüht sich, nicht zu weinen…

Regungslos liegt Joshua auf dem großen flachen Stein
und lauscht mit geschlossenen Augen den Geräuschen, die
Monahans Vorbereitungen begleiten. Das Klatschen des

Handtuchs auf das feste Fleisch des Mannes. Das Schaben
von Leder über glatte Muskeln, als er in Chaps und Weste
schlüpft. Das kernige Knarren, als er die Stiefel anzieht, einen nach dem anderen. Jetzt wird es nicht mehr lange dauern.

Joshuas Schwanz liegt wie ein Bleirohr an seinem Bauch
und zuckt im Takt seines Herzschlags. So hart, daß er
manchmal einen Satz macht und steil in die Luft ragt, wobei
perlklare Fäden austreten, die ihm in den Nabel tropfen.
Seine nackte Erektion ist wie ein Zeichen der Scham, sie
verstärkt seine Nacktheit, läßt ihn sich zur Schau gestellt,
erniedrigt, hilflos fühlen. Joshua versucht, sie mit Willens-
kraft zu unterdrücken, mit nicht mehr Erfolg als er fähig ist,
die Gier seines Lochs zu vermindern.

Joshua versucht gar nicht erst, sich zu verstecken. Mit gespreizten Armen und Beinen, den Leib offen zum Himmel
gekehrt, liegt er da. Er weiß, daß Monahan ihn beobachtet.
Er kann die Augen des Mannes auf seinem Körper spüren.
Er kann förmlich das spöttische Grinsen auf Monahans Gesicht sehen, seine Belustigung über Joshuas steifen
Schwanz, der ihn hintergeht wie immer.

Joshua hört das weiche Klatschen der alten Decke aus der
Unionsarmee, die hinter ihm ausgebreitet wird. Ein Schwall
heißer Luft fährt ihm durchs Haar, als die Decke sich auf
den flachen Stein legt. Joshuas Herz pocht in seiner Brust.
Einen Augenblick danach spürt er einen kurzen Zug an dem
Riemen zwischen seinen Beinen. Monahan ist bereit für ihn.

Langsam rollt sich Joshua auf Hände und Knie. Er be-
wegt sich vorwärts, dann erstarrt er. Er läßt den Kopf hängen und holt flach keuchend Atem. Sein gesamter Körper
wird, von einem plötzlichen Anfall unaussprechlicher
Scham gelähmt, leuchtend rot. Über ihm stößt Monahan ein
leises Kichern aus und zieht hart an dem Riemen, zerrt an
Joshuas Eiern, woraufhin diesem sein Schwanz an den Bauch

klatscht. Joshua wimmert und kriecht schaudernd vorwärts.

Vor ihm legt sich Monahan in die niedrige Astgabelung einer verkrüppelten Eiche zurück. Die Äste bilden einen natürlichen Stuhl, wobei ein nach oben strebender Ast seinen Rücken abstützt, während der andere unterhalb verläuft und seine Arschbacken hält. Schon bevor Joshua geboren war, hat eine lange Reihe von Besuchern, die an dem Teich vorüberkamen – indianische Scouts, Händler, Minenbesitzer wie Monahan – auf diesem natürlichen Thron gesessen. Die Rinde ist so weichgescheuert, als sei sie auf einer Drehbank poliert worden.

Monahan sitzt tief in seinem Thron, die Beine ausgestreckt, ein Arm in den Rücken gelegt, den anderen, der das Ende des Riemens hält, an der Hüfte. Er ist gekleidet, wie Joshua es vorausgesehen hat, eingepackt in weiches Leder, das alles, was er zu bieten hat, frei läßt. Die glänzende schwarze Weste ohne Hemd darunter, betont die Masse des mächtigen Torsos, die gemeißelten Wellen auf seinem festen Bauch, seine kraftvollen Arme, die breit wie bei einem Schmied sind. Die glänzenden schwarzen Chaps liebkosen seine Beine wie eine zweite Haut, die straff über die riesigen Muskelstränge seiner Schenkel gespannt ist. Sein Beine sind ausgestreckt, die Fersen gegen den Steinboden gestemmt. Die Stiefelschäfte sind spiegelblank poliert.

Die Chaps liegen tief auf Monahans schmalen Hüften, tief genug, um die ersten Büschel der rauhen, drahtigen schwarzen Haare zwischen seinen Beinen sehen zu lassen. Er trägt keine Jeans darunter. Monahans Unterleib ist unbedeckt. Sein großer Schwanz liegt frei zutage.

Der riesenhafte Knüppel hängt schwer und dick zwischen seinen Beinen und ruht auf der Kante des Throns, so weich und fast so dick wie der polierte Ast. Die letzten Sonnenstrahlen fallen rötlich glitzernd auf das seidige Fleisch. Der große Schwanz scheint sich in der Hitze des Zwielichts zu aalen wie eine monströse Schlange, aufgebläht und faul, nachdem sie sich an einer kleineren Beute sattgefressen hat.

Joshua kneift die Augen zusammen. Er saugt den Atem ein, stößt ein krampfhaftes Schnauben aus und dann ein Wimmern. Speichel rinnt von seiner Unterlippe. Reflexartig spreizt er die Schenkel, stellt die Knie weiter auseinander, bis er O-beinig und mit hochgerecktem Arsch auf der kratzenden Decke kniet.

»Bist jetzt reif dafür, was?« schmunzelt Monahan. »Wie 'ne läufige Hündin. Aber wart's ab. Jetzt ist erst mal Fütterungszeit.«

Er zerrt an dem Riemen, den er wie eine Leine benutzt. Joshua kriecht, Knie gespreizt, O-beinig auf Händen und Knien vorwärts. Er dringt in den Bereich von Monahans Beinen ein. Beide starren sie auf den großen Schwanz herab – Monahan mit wissendem Grinsen, Joshua mit einem Ausdruck hilfloser Pein und Faszination.

Anfangs bleibt die riesige Fleischröhre noch weich und biegsam, ein trügerisch verlockender Anblick – die Haut bleich und durchscheinend, so weich und rosig wie ein Babypopo. Monahan hat einen herrlichen Schwanz, zumindest in diesem Stadium, entspannt und fleischig. Dann fängt der Kolben an, vor Joshuas Augen steif zu werden und anzuschwellen. Die Röhre dehnt sich von innen her aus. Der Kern drückt verborgene Adern an die Oberfläche. Die Röhre am Unterleib steht weich und fleischig hervor, aber an anderen Stellen wirkt das Fleisch hart und gepanzert. Die zarte Färbung wird kräftig und fleckig, unter der Oberfläche winden sich Adern. Monahans Schwanz wird riesig, furchterregend, obszön aufgebläht, irgendwie abstoßend und schön zugleich. Der lange Schlitz an der Spitze zuckt. Ein Strom zäher Flüssigkeit tröpfelt auf den Stein darunter.

Der Geruch steigt in Joshuas Nüstern. Er ballt die Fäuste gegen den Boden und wimmert. Als Reaktion auf Monahans Getröpfel tritt Spucke über seine Unterlippe, rinnt am Kinn herab und fällt mit leisem Plätschern auf die Decke.

Monahan packt seine Latte an der Wurzel und pumpt ein einziges Mal, macht schmale Augen und knurrt. »Hunger?«

Joshua antwortet mit einem Wimmern. Tränen steigen ihm in die Augen.

»Gut.« Langsam und bedächtig spreizt Monahan die Schenkel, hebt die Stiefel und hakt die Fersen über die Enden des unteren Asts. In weitgespreizter Haltung entspannt er sich; sein Ständer preßt sich fest gegen Bauch und Brust, seine Eier hängen frei nach unten, sein frei zutage liegendes Arschloch klafft weit, nur wenige Zentimeter vor Joshuas sabbernden Lippen.

Monahan hält seinen Schwanz steil nach oben aus dem Weg und wichst ihn langsam mit Zeigefinger und Daumen. Er trällert vor Vergnügen, während er auf den weinenden Jungen zwischen seinen Beinen hinabstarrt. »Iß«, flüstert er. »Iß schon…«

Der grauhaarige, alte Mormone droben in Provo hat Monahan den Jungen praktisch aufgedrängt.

Joshua war der jüngste Sohn der jüngsten Frau des alten Mannes, die im Wochenbett gestorben war. Die anderen Frauen im Harem hatten ihn, eifersüchtig auf seine Schönheit, immer weggescheucht, die Aufmerksamkeit des alten Mannes immer auf ihre eigenen Kinder gelenkt. Joshua war das schwarze Schaf, vernachlässigt, ungewollt. Der alte Mann konnte sich nicht einmal mehr an seinen Namen erinnern; er nannte ihn nur »den Kleinen«, als sei er nichts weiter als einfach ein zusätzliches Stück Vieh.

Monahan und der Mormone hatten im Schatten eines Apfelbaums miteinander verhandelt. Irgendwann hatte der alte Mann Joshua von den Feldern gerufen. Der Junge war mit nacktem Oberkörper und schwitzend und leicht außer Atem angekommen; er hatte schon lange zuvor gelernt, daß er besser rannte, wenn er gerufen wurde, oder er würde die Folgen des Zorns des alten Mannes zu spüren bekommen. »Er ist stark, das können Sie wetten«, prahlte der alte Mormone. »Schauen Sie nur hin. Blond wie seine Mutter. Sie war vielleicht schwach, aber der Kleine ist stark genug, das garantiere ich.«

Monahan ging langsam um den Jungen herum und ließ seine Augen über Joshuas halbnackten Körper schweifen. Er nickte anerkennend beim Anblick der großen, kräftigen Muskeln an Joshuas Schenkeln und Arschbacken, der breiten Schultern und des Rückens, der schmalen Hüften – wie sich die Hosen dem Jungen um die Hüfte schmiegten, ohne das kleinste Bißchen überquellenden Fleisches. Als Monahan zur Vorderseite kam, konnte er kaum verhindern, daß er bei der wie gemeißelten Schönheit des Torsos des Jungen nach Luft schnappte – die leicht gewellten Bauchmuskeln, die feine Wölbung der Brust, all das in den stämmigen Rahmen seiner kraftvollen Schultern und Arme eingefügt. Die Brust des Jungen hob und senkte sich noch immer im Bemühen, wieder zu Atem zu kommen. In die samtweiche Senke in der Mitte seiner schweißnassen Brust hing in den Sonnenflecken glitzernd, die durch die Blätter schienen, an einer Silberkette ein silbernes Kreuz.

»Stark, stimmt«, brachte Monahan heraus, und seine Augen wurden schmal und durchdringend. »Aber er ist nur ein Farmerjunge, wahrscheinlich zu nichts zu gebrauchen, als Kühe zu melken und mit seinem Dödel zu spielen. Ich brauch' einen Jungen, der schwere Lasten schleppen und einen schweren Pickel schwingen kann, einen Jungen, der mehr Sonne und Hitze aushält, als es je ein Mann mußte, der es, wenn's sein muß, eine Woche ohne Essen und Wasser aushält, der auf eine Klapperschlange tritt, wenn sie ihm über den Weg läuft, und weitergeht, ohne darüber nachzudenken. Schauen Sie sich den da an, blaß wie 'ne Schullehrerin, bis auf den Sonnenbrand am Hals. Und zittert wie Espenlaub.«

Es stimmte. Joshua war nervös und ängstlich angekommen, er erwartete Strafe und fragte sich, was er wohl getan hatte, um sich den Zorn des alten Mannes zuzuziehen. Beim Anblick von Monahan hatte er die Lage sofort erfaßt. Etwas an der Art, in der Monahan ihn angeschaut hatte, ängstigte ihn zu Tode. Etwas in Monahans Augen machte, daß er sich nackt und schwach vorkam und erfüllte ihn mit einer ihm fremden Furcht.

Schweigend stand Joshua mit zappelnden Armen und gesenktem Kopf dabei, während Monahan und der alte Mann um den Deal feilschten. Fünf Minuten später hatten sie sich auf einen Preis geeinigt. Monahan zahlte, aber der alte Mann bestand mit wissendem Grinsen darauf, es eine Mitgift zu nennen, und lachte meckernd und pfeifend über den eigenen Witz. Während der alte Knabe sich abwandte, um in sein Taschentuch zu husten, drehte sich Monahan mit einem Blick so unverhüllter Begierde wieder zu Joshua um, daß der Junge die Augen senkte und an den Baum zurückwich. Mit einer Hand griff Monahan nach seiner Brieftasche. Die andere streckte er aus und kniff mit Daumen und Zeigefinger in einen der runden, fleischigen Brustwarzen des Jungen.

Joshua wurde rot und schnappte nach Luft, erschauerte und preßte die Augen zu. Als er sie wieder öffnete, starrte ihm Monahan nach unten zwischen die Beine. Dann schaute der Mann wieder auf und blickte ihm mit einem zufriedenen Grinsen in die Augen. Für jeden sichtbar, ob es ihm gefiel oder nicht, preßte sich der Schwanz des Jungen steif und kerzengerade gegen den Schlitz seiner Latzhose…
Joshuas Zunge steckt in voller Länge bis an die Wurzel in dem Loch zwischen Monahans Schenkeln.

Monahan ist innen heiß und feucht. Er stöhnt vor Lust und krampft sein Loch um die Zunge des Jungen, knabbert mit dem Schließmuskel an ihrer Wurzel, während er die tiefer innen liegenden Muskeln locker und den behutsamen Vorstößen der gekrümmten Spitze gegenüber empfindsam macht. Monahan stöhnt und verkrampft sich, drückt nach außen. Sein Loch öffnet sich weit. In einem obszönen Kuß pressen sich die Lippen seines Arschlochs gegen Joshuas Lippen, schweißen den Mann und den Jungen Arschloch an Mundhöhle zusammen.

Einen Augenblick lang ist Joshua geblendet, seine Augen sind mit dem weich lastenden Gewicht von Monahans Hoden bedeckt. Der große, warme Sack breitet sich über Joshuas Stirn und wird vom Nasenrücken geteilt, so daß die Hoden zu beiden Seiten herunterhängen und in den Augenhöhlen liegenbleiben.

Über sich hört Joshua, wie Monahan mit feuchten, klatschenden Lauten seinen großen Schwanz wichst, wobei er die Schlacke, die von der Spitze rinnt, als Gleitmittel benutzt. Joshua selbst berührt sein Glied nicht. Nackt und steif wie er ist und mit der Zunge bis zum Anschlag im Arschloch des Mannes, mag es absurd erscheinen, aber Joshua ist noch immer zu schüchtern und verlegen, um in Gegenwart von Monahan an sich herumzuspielen. Statt dessen ballt er die Fäuste gegen die Decke, während sein Schwanz in der Luft zuckt und hüpft.

Monahan stöhnt und beginnt sich zu bewegen. Er senkt die Beine und schließt sie, während er die Schenkel auf Joshuas Schultern ablegt. Er packt eine Handvoll von Joshuas Haaren und zerrt ihm den Kopf zurück, wobei er den gierigen Mund von seinem Arschloch wegzieht.

Joshuas Augen sind fest geschlossen. Sein Gesicht ist naß von Speichel. Sein Mund bleibt weit offenstehen, die Lippen bilden einen Schild um die Zähne, die Wangen sind hohl. Monahan grinst und stopft eins nach dem anderen seine Eier in das klaffende Loch und füttert den Jungen derart, daß diesem das Kinn auf die Brust gezwungen wird und seine Backen sich aufplustern wie bei einem Hamster.

Monahan seufzt. Er setzt sich zurück und fängt wieder an, seinen Schwanz zu wichsen, während er seine Eier in der kuschligen Hülle von Joshuas Mund ruhen läßt. Joshuas Lippen sind eng um die Wurzel von Monahans Hoden geschlossen. Im Innern seines Mundes bewegen sich die großen Kugeln, ziehen sich zusammen und dehnen sich aus. Eine Schweißperle rinnt ihm am Nasenflügel herab ins Auge und zwingt ihn, zu blinzeln. Für einen Moment erhascht er schielend den Anblick des Kolbens, der über seinem Gesicht aufragt wie der Stamm eines Sequoiabaumes, der in unerreichbare Höhen wächst, an der Wurzel von der Faust eines Riesen gepackt. Er schließt wieder fest die Augen, vergräbt seine Fingernägel in die Handflächen und liebkost mit der Zunge die weiche, warme Masse, die seinen Mund verplombt.

Zuerst hatte Joshua Widerstand geleistet.

Joshua hatte gejault, war aufgesprungen und hatte seine tatschenden Hände weggestoßen wie ein sich zierendes Mädchen. Monahan hatte nur gelacht, wissend, daß es nur eine Frage der Zeit war. Joshua war nicht die erste schamhafte Jungfrau, die er hatte auf Vordermann bringen müssen.

Seite an Seite drangen sie in die Wüste vor, Monahan auf seinem Pferd, Joshua neben ihm hergehend, das Gepäck gleichmäßig auf das Pferd und den Jungen verteilt. Am dritten Tag, umgeben von Canyons aus geädertem Sandstein und meilenweiter sengender Dürre, hatte Monahan den ersten Schritt gemacht. Kleinigkeiten anfangs – die Brustwarzen des Jungen zwirbeln, ihm in den Arsch kneifen, ihm

an die Eier packen, zuschauen, wie er jedesmal zurück-
schreckte und errötete und sich ängstlich auf die Lippen biß.
Monahan machte zwei Tage lang so weiter, wobei seine
Hände sich immer größere Freiheiten erlaubten, unter denen
der Junge sich wand, während er sich am Schauspiel von
Joshuas schamroter Verlegenheit weidete.

In der nächsten Nacht, in der kuschligen Abgeschlossen-
heit des kleinen Leinwandzeltes, vergewaltigte Monahan
ihn. Mehrfach. Joshua war stark, so wie sein Papa es ver-
sprochen hatte, aber Monahan war stärker. Monahan hatte
noch nie ein engeres, süßeres Loch gefickt.

Am folgenden Morgen war Joshua weg. Das Pferd konnte
er auf keinen Fall mitgenommen haben – niemand außer
Monahan konnte dieses Pferd reiten. Der Junge hatte sich
zu Fuß davongemacht.

Zwei Tage lang machte Monahan sich nicht einmal die
Mühe, nach ihm Ausschau zu halten. Statt dessen erinnerte
er sich an das Vergnügen, Joshuas enges, kleines Loch zu
füttern und an den Blick schieren Entsetzens auf Joshuas
Gesicht, als er zum ersten Mal im Arsch des Jungen gekommen war. Zwei Tage lang blieb Monahan durch die Erinnerung steinhart, aber er faßte sich nicht ein einziges Mal an.
Statt dessen hegte er süße Vorfreude. Am dritten Morgen
stieg er in den Sattel und nahm die Verfolgung auf.

Es war nicht schwer, den Spuren zu folgen. Immer im
Kreis – Monahan hatte gewußt, daß der Junge sich verirren
würde, aber er hätte nie geglaubt, daß jemand einen so
schlechten Ortssinn haben könnte. Kaum eine Meile vom
Lagerplatz entfernt, stieß er auf ihn, als er gerade einen
staubigen, trockenen Abhang hinunterstolperte. Der Junge
schaute auf, entdeckte Monahan auf dem Grat der Hoch-
ebene und zögerte nicht, zu rufen und zu winken. Seine
Stimme war brüchig und schwach, er schien kaum in der
Lage zu sein, die Arme zu heben. Monahan lächelte und

winkte zurück. Dann riß er scharf am Zügel und drehte um, wobei er sich in den Schritt griff, als er hörte, wie Joshua aufheulte und verzweifelt an der steilen Wand nach oben krabbelte, und er grinste bei dem Gedanken, den Jungen einen weiteren Tag in der Wüste sich selbst zu überlassen.

Am nächsten Tag wiederholte Monahan den grausamen Trick. Er fand den Jungen in einer weiten, flachen Talsohle. Schweißüberströmt rannte Joshua mit flehend erhobenen Armen auf ihn zu. Monahan drehte um und ließ sein Pferd in leichtem Trab verfallen, was dem Jungen ermöglichte, hinter ihm herzustolpern. Länger als eine Stunde versuchte Joshua verzweifelt, aufzuholen, bis Monahan dem Pferd die Sporen gab und lachend in einer Staubwolke, die ihm den Atem nahm, verschwand.

Als Monahan ihn am nächsten Nachmittag antraf, war der Wille des Jungen vollständig gebrochen, von Einsamkeit, Verzweiflung, Hunger und Durst zerschmettert. Er erhob keinen Widerspruch, als Monahan ihn nackt auszog und seine Kleider in nutzlose Fetzen zerriß. Er weinte, leistete aber keinen Widerstand, als Monahan ihn über den nächsten Felsen legte, und seinen Arsch vergewaltigte. Und als Monahan seinen Schwanz anbot, um den Durst des Jungen zu löschen, gab Joshua nach nur einem winzigen Zögern nach. Mit triumphierendem Lächeln sah Monahan zu, wie der Junge den geschmeidigen, harten, vom Arschfick noch feuchten Pfahl aus Fleisch zwischen die aufgesprungenen Lippen nahm. So sehr die Sonne ihn auch ausgedörrt hatte, hatte er dennoch noch genug Flüssigkeit für eine einsame Träne, die ihm aus dem Augenwinkel rann, während er gierig und krampfhaft schluckte.

Danach beschloß Monahan, eine Weile in Kreisen weiterzuwandern, die weiten Geröllfelder zu beiden Seiten des Colorado zu überqueren und dabei absichtlich jeden menschlichen Kontakt zu meiden. Die Vorräte, die er in

Moab aufgenommen hatte, würden noch eine Weile ausreichen, und er hatte immer noch Silber in den Taschen. Die Mine konnte warten. Zur Zeit war die Arbeit vor Ort wichtiger und wesentlich angenehmer.

Joshua war gebrochen. Nun würde der Junge trainiert werden müssen. Monahan nahm sich Zeit. Je weiter das Training fortschritt, desto länger beschloß er es auszudehnen. An jedem Morgen, wenn er aus Träumen von Joshuas süßem, jungem Leib erwachte, kam ihm etwas neues in den Sinn – und dann war Joshua da, nackt und empfangsbereit, auf entsprechendes Zureden stets bereit, sich zu unterwerfen, zu verängstigt und verwirrt, um Widerstand zu leisten.

Nach drei Wochen mit Joshua in der Wüste fühlte er sich wie ein reicher Mann. War es so gewesen, ein römischer Kaiser oder ein türkischer Sultan zu sein? Die Macht zu haben, die Unterwerfung eines schwächeren Mannes zu fordern, den Luxus zu kennen, auf ein Fingerschnippen hin eine sich windende Zunge im Arschloch zu spüren? Die Räuberbarone und die Könige der Rinderherden mochten ihre großen Ländereien und ihre modischen Eisenbahnwaggons haben. Monahan hatte sein Königreich hier in der Wüste gefunden, auf Joshuas Leib gebaut, zementiert mit Blut, Schweiß und Tränen des Jungen…

Joshua kniet auf der Decke, die Knie weit gespreizt, den Kopf zurückgeworfen, seine Kehle eine nach oben gerichtete, offene Scheide für die volle Länge von Monahans Schwanz.

Der Mann steht über ihm, breitbeinig über seinem Gesicht, und drückt mit dem Zeigefinger auf die Wurzel seines Schwanzes, so daß dieser gerade nach unten zeigt. Er streckt sich und beugt die Knie und fickt nach unten mit Stößen, die an Joshuas Lippen beginnen und irgendwo tief in der schmerzenden Kehle des Jungen enden. Jedesmal

wenn der Junge sich verschluckt und hustet und auszuwei-
chen droht, packt Monahan ihn bei den Haaren, um seinen
Mund an Ort und Stelle zu halten.

Andererseits spielt seine rechte Hand ein kleines Spiel-
chen mit Joshuas Schwanz. Er packt die Schnur, die um
Joshuas Eier gebunden ist und zieht sie zwischen den Beinen des Jungen hindurch nach hinten. Der Lederriemen
führt zwischen Joshuas Arschbacken nach oben, scheuert an
seinem Loch und spannt sich stramm bis zu Monahans
Faust.

Wenn er an den Eiern des Jungen zieht, zieht er gleichzei-
tig an seinem Schwanz. Monahan läßt die empfindliche
Spitze immer wieder über die kratzig rauhe Decke reiben.
Joshua reagiert darauf, indem er in einem Aufschrei die
Kehle verkrampft und seine Finger in Monahans lederbe-
deckte Schenkel gräbt. Monahan kann den Schwengel des
Jungen ganz nach hinten ziehen, so daß er zwischen den
Arschbacken hervorschaut – dann läßt er los, um das satte,
befriedigende Klatschen zu hören, wenn er fest gegen den
flachen Bauch des Jungen nach oben schnellt.

Monahan vergräbt sich tief in der Kehle des Jungen und
bleibt auf den Fersen hocken, um für einen Moment den
nackten, sich windenden Leib unter sich zu betrachten. Monahan könnte an Joshuas Stelle ebensogut eine Frau haben.
Monahan ist in allen Freudenhäusern an der Strecke von
Tucson nach San Francisco bekannt. Einmal war er sogar
verheiratet, sehr kurz, mit dem Töchterchen eines reichen
Vaters in Nevada. Und wie sie sein großes Ding liebte. Wie
sie es liebte, von ihm mißbraucht zu werden – am Anfang.
Monahan schließt die Augen. Ein plötzlicher, heißer Blut-
strom versteift seinen Schwanz, als er sie sich vorstellt: die
hochnäsige Miss Nellie Bales aus Carson City, wie sie
nackt an einer Leine hinter seinem Pferd herstolpert, das
blonde Haar zerzaust, schweißüberströmt und rosa und,

jetzt ohne Papa, der sie beschützt, dem Barbaren ausgelie-
fert. Nellie, die mit der Zunge in seinem Arsch auf den
Knien kauert...

Aber natürlich würde es eine Frau hier draußen niemals
schaffen, nicht bei der Art von Diensten, die Monahan for-
dert. Monahan braucht einen Gehilfen mit starken Armen
und kräftigem Rücken für die Arbeit in der Mine und außerdem mit einem Paar enger, strapazierfähiger Löcher für
seine mehr persönlichen Bedürfnisse. Monahan braucht ein
Lasttier, keine Braut.

Die Vorstellung verblaßt. Die Erinnerung an Nellie löst
sich auf und verschwindet. Monahan öffnet die Augen. Wie
prächtig Joshua aussieht, das Gesicht unförmig verzerrt durch
das Horn aus Fleisch, das ihm im Rachen steckt, die Wangen
gerötet, die hervortretenden Adern auf seiner Stirn, die vor
Entsetzen aufgerissenen Augen. Hinter der Kaskade aus gol-
denem Haar, die sich über Joshuas Rücken kringelt, liegt der
vollkommenste Arsch, den Monahan je bei einem Mann oder
einer Frau gesehen hat. Die beiden kleinen Halbkugeln sind
rückwärts nach oben gereckt, so daß im Rücken darüber
kleine Dellen entstehen, wodurch die appetitlichen Rundun-
gen beider Arschbacken betont werden. Monahan sieht gerade so das Loch des Jungen, geweitet und in Erwartung dessen, was kommen wird, leicht nach außen gestülpt...

Joshua ist natürlich nicht Monahans erster Junge. Das war
Paco, das Waisenkind, das er von den Barmherzigen
Schwestern in Tucson übernahm.

Paco stammte zum Teil von Indianern, zum Teil von Spa-
niern ab; der Rest war eine Mischung aus Italienern und
Gott weiß was sonst noch. Körperlich war Paco das Gegenteil von Joshua – klein und dunkel, mit schlaksigen Glie-
dern und einem winzigen Schwanz und fester, glatter Brust,
rabenschwarzem Haar und blendend weißen Zähnen.

Auch in anderer Hinsicht war Paco das Gegenteil von Joshua. Paco hatte nicht gebrochen oder trainiert werden müssen. Gewiß, als Monahan ihn von den Schwestern übernommen hatte, war Paco eine Jungfrau gewesen, aber von der ersten Sekunde an war der Junge voller Eifer gewesen, gierig auf Monahans Schwanz und ohne Scham, es zu zeigen. In der ersten Nacht, die sie außerhalb von Tucson auf dem Rückweg zur Mine verbrachten, hatte Monahan den Jungen genommen. Von diesem Augenblick an waren Pacos Mund und Arsch ganz Monahans Eigentum geworden.

Zum Sex war Paco in Ordnung gewesen – mit dem Mund talentierter als alle, die Monahan je getroffen hatte und jederzeit willig mit dem Arsch, egal wie oft Monahan ihn in einer Nacht fickte. Aber für die Arbeit in der Mine war Paco nicht zu gebrauchen gewesen. Monahan hätte es gleich wissen müssen, daß der Junge einfach nicht groß oder stark genug war, die geforderte Arbeit zu leisten; und neben seinen körperlichen Unzulänglichkeiten war der Junge störrisch und faul. Vielleicht war es sein indianisches Blut, dem er diesen perversen, eselsgleichen Widerstand gegen körperliche Arbeit verdankte, egal wie oft Monahan seinen Gürtel einsetzte, um den Jungen bei der Stange zu halten.

Also hatte Monahan ihn verkauft. Monahan nahm Paco mit auf seine nächste Handelsreise nach San Francisco. In einem vornehmen kleinen Zimmer in einem teuren Bordell am Hafen stellte er ihn dem Gaucho vor. Der Gaucho war ein fetter, bärtiger Argentinier mit einem Dutzend Ranches in Kalifornien und noch mehr drunten in Patagonien. Überall, wo der Gaucho eine Ranch besaß, unterhielt er auch ein Hurenhaus – aus Erfahrung wußte er, daß dies der schnellste Weg war, die schäbigen Löhne, die er seinen Arbeitern zahlen mußte, wieder einzutreiben. Ein paar von den Arbeitern mochten Jungs. Der Gaucho auch. Der Gaucho mochte Paco.

Das Lasttier

Leider hatte Paco den Gaucho nicht gemocht. Es hatte einiger Überredungskunst bedurft, um ihn von seinem Glück zu überzeugen. Monahan war so lange geblieben, um die Sache ins Reine zu bringen. Am Morgen darauf hatten es die beiden Männer geschafft, Paco auf Vordermann zu bringen. Monahans letzter Blick auf den Kleinen fiel auf dessen nacktes, braunes Hinterteil, das er auf den Knien hoch in die Luft reckte und sein dargebotenes Loch, das von zwei fetten Schwänzen wundgevögelt war und aus dem ihr vermischter Samen tröpfelte, während die Backen von den geschwollenen Abdrücken von Händen gezeichnet waren. Die Männer drunten in Argentinien würden ihn noch rauher behandeln, sagte der Gaucho.

Pacos Gesicht war nicht zu sehen gewesen, da es zwischen den schwabbelnden keulenförmigen Schenkeln des Gauchos vergraben war. Der Gaucho bedachte ihn mit einem trägen, befriedigten Grinsen, bei dem zwei Goldzähne sichtbar wurden. Monahan streckte die Hand aus und versetzte dem Jungen zum Abschied einen Klaps auf den Hintern. Paco antwortete mit einem gurgelnden Quietschen hinter dem Schwanz in seiner Kehle hervor. Der Gaucho stieß ein zufriedenes Seufzen aus.

Monahan schloß die Tür hinter sich, ohne zurückzuschauen, und gelobte, daß der nächste Gehilfe, den er nehmen würde, ein guter Arbeiter sein würde. Ein großer Junge mit einem großen, kräftigen Körper…

Monahan zieht den Arm zurück. Er betrachtet den bleichen Abdruck seiner Hand auf Joshuas tiefroter Arschbacke. Wie liebt er es, dem Kleinen den Hintern zu versohlen, besonders wenn der von der Sonne heiß und glühend rosa verbrannt ist. Besonders, wenn sein Riemen bis zu den Eiern in dem Loch zwischen Joshuas glühendheißen Arschbacken vergraben ist. Jeder Schlag löst in Joshuas Innerem einen bebenden Krampf aus. Die krampfartigen Spasmen verwandeln sich für Monahans Schwanz zu reiner Ekstase, als ob der Kleine tief in seinem Arschloch schlucken würde.

Erneut läßt Monahan die Hand niederfallen. Der Schlag hallt im Canyon wieder wie ein Pistolenschuß. Joshua stößt ein Schnauben wie ein Esel aus und verstärkt den Griff um seine Knöchel. Die Beine so weit gespreizt, daß innen an seinen Schenkeln die Bänder gespannt sind, steht der Junge da, umspannt seine Knie und reckt den Arsch in die Höhe. Sein Kopf ist praktisch am Boden, aber er hat das Kinn angehoben und starrt über die weiche, silbrige Oberfläche des Teiches, in der sich vor einem dunkelblauen Himmel der Mond spiegelt. Über ihnen kreisen keine Bussarde; der Aasfresser hat seinen Irrtum längst erkannt und ist davongeflogen, um nach kleinerer Beute zu suchen. Dieser Kadaver hier gehört dem Mann in schwarzem Leder.

Joshuas Gesicht ist puterrot, zum Teil weil ihm das Blut in den Kopf schießt, zum Teil von der Qual, gefickt zu werden, hauptsächlich vor Scham. An jeder Schläfe sind deutlich pochend zwei Adern hervorgetreten. Seine fast geschlossenen Augen sind klar und funkeln. Sein Mund ist zu einer lächerlichen Schnute verzogen. Joshua blubbert und schnieft wie ein kleiner Junge, der den Hintern vollbekommt und krampfhaft versucht, die Tränen zurückzuhalten. Mit jedem festen Stoß in seine Innereien flappt ihm mit sattem Klatschen der eigene Schwanz gegen den Bauch.

Monahan fickt mit langen, tiefen Stößen und kostet die Liebkosungen aus, die das enge Loch des Jungen seinem Kolben der Länge nach zuteil werden läßt. Er schaut zu, wie die dicke Fleischröhre immer wieder in Joshuas Hinterteil verschwindet und dann glitschig und glänzend wieder auftaucht, als habe der Junge sie aus seinen Eingeweiden ausgewürgt. Joshuas Arschloch, von seinem nächtlichen Ritt auf Monahans Schwanz empfindsam und wund, spannt sich

eng um den Schaft. Bei jedem Stoß hinein rollt es sich wie
ein zahnloser Mund, der um das große Glied geschlossen
ist, nach innen; jedesmal, wenn Monahan herauszieht, wird
der Rand des Lochs nach außen gezogen wie eine papier-
dünne Membran, die an seinem Schwanz festhängt.

Monahan versetzt dem Arsch des Jungen einen letzten
stechenden Hieb, dann packt er ihn fest bei den Hüften. Er
gräbt seine schwieligen Finger in das butterweiche Fleisch,
so hart, daß blaue Flecke zurückbleiben. Er stößt den Jungen von sich und zieht gleichzeitig ruckartig seine Hüften
zurück. Sein Schwanz schlüpft mit einem nassen Ploppen
heraus. Joshuas Loch bleibt geweitet, es glitzert feucht wie
ein hungriges Maul. Monahan dringt wieder in ihn ein, bearbeitet ihn mit einer Serie grausamer, brutaler Stöße, bevor
er sich wieder zurückzieht und den Jungen leert und wieder-
auffüllt, indem er das Loch immer wieder durchstößt.

Der erbarmungslose Fick dauert eine halbe Stunde, wenn
nicht länger. Joshua weicht nicht einmal aus und hält seine
Knöchel umklammert, als reite er auf einem führerlosen
Zug. Monahan ist grausam mit seinem Schwanz. Er fickt
hart und tief, treibt seinen Pfahl in das nachgiebige Loch
des Jungen, macht ihn locker, meißelt und stampft sein Inneres, bis das Loch zu schmelzen scheint und um seine
steinharte Latte herum warm und kremig wird.

Das Loch wird locker und schlabbrig und furzt und rülpst
jedesmal, wenn Monahan den Schwanz ganz herauszieht,
um sich dann in voller Länge wieder hineinzubohren. Das
ist der Teil, den Joshua am meisten haßt – die Demütigung,
jede Beherrschung zu verlieren, sein Arschloch zum Zeit-
vertreib eines anderen Mannes von innen nach außen gestülpt zu bekommen, benutzt zu werden wie eine Frau. Monahan gräbt sich tief hinein und beginnt mit einer neuen Serie harter, brutaler Stöße. Im Innern gleicht Joshua einer
Schlammquelle, die um den harten Pfahl aus Fleisch

platscht und blubbert, die Ränder seines Arschlochs klatschen zusammen, und jedesmal, wenn Monahan den Schwanz ganz herauszieht, entfährt ihnen ein langer, lauter, rasselnder Furz. Joshua blinzelt mit den Augen, um die Tränen zu verdrängen.

Urplötzlich ist Monahan fertig. Ein letztes, ruckartiges Herausziehen. Ein letzter Stoß, der bis in Joshuas Innerstes dringt. Er gräbt die Finger in Joshuas Hüften und spürt die Reaktion des Jungen, als der Bolzen in dessen Innern zu zucken und zu spritzen beginnt.

Die Ekstase ist atemberaubend, überwältigend. Immer besser, je öfter er den Jungen vögelt. Er läßt den Schwanz lange drinnen, läßt ihn die warme Behaglichkeit von Joshuas zartgeklopften Eingeweiden in sich aufnehmen. Plötzlich läßt der Junge an dem dicken Schwanz vorbei einen hohen, quietschenden Furz fahren, der an Monahans Eiern kitzelt. Er lacht und zieht sich in einer einzigen Bewegung heraus. Das Loch klafft weit und stößt ein Rülpsen hervor.

Einen Augenblick lang starrt Monahan einfach nieder auf den blaugefleckten, glühenden Arsch mit den Handabdrücken. Joshua bleibt in der gleichen Haltung, obwohl seine Beine nachzugeben und unkontrolliert zu beben beginnen. Er regt sich, als Monahan zwischen seine Beine faßt, nach seinem Ständer tastet und diesen dann nach hinten zieht und ihn umgekehrt in der Hand hält.

Wie alles an ihm ist Joshuas Schwanz groß, blond, prächtig geformt und proportioniert. Und steinhart.

Monahan ist kein Narr. Er sieht immer zu, daß Joshua seinen Teil abbekommt. Manchmal melkt er ihn wie eine Kuh, wobei er den Vorgang über Stunden hinweg ausdehnt, so daß es für den Jungen zu einer Art Folter wird; er melkt den Kleinen mehr zu seinem eigenen Vergnügen als aus einem anderen Grund – quetscht und zerrt an dem zurückgebogenen Schwanz, zieht daran wie an einem richtigen Schwanz, gräbt die Nägel in den Schlitz, biegt den harten Bolzen so weit es geht nach oben und unten, läßt ihn dann nach vorne schnellen, so daß er ihm gegen den Bauch schlägt. Dann zieht er ihn wieder nach hinten, hält ihn fest und reibt mit der Handfläche über die schmerzhaft empfindsame Spitze. Versetzt ihr Hiebe. Zerkratzt sie mit den Fingernägeln. Schmettert sie vor und zurück. Er bearbeitet die Handvoll steifen Jungenschwanz, bis er von oben bis unten tiefrot ist, ächzend und angeschwollen und schmerzend. Und während der ganzen Zeit schnaubt Joshua und stampft mit den Füßen, peitscht die Erde mit seinen langen blonden Haaren, verkrampft die Arschbacken und blökt wie ein Schaf.

Und wenn der Junge dann so kurz davor ist, daß er es kaum noch aushält – der Schweiß ihm übers Rückgrat fließt, die Beine zittern, das ausgeleierte Loch auf und zuschnappt, seine Eier hopsen wie mexikanische Springbohnen –, wendet Monahan sich einfach ab, kümmert sich ums Eßgeschirr oder fummelt eine Viertelstunde lang am Zelt herum und kichert in sich hinein, während Joshua gehorsam die Stellung hält, vornübergebeugt und mit den Händen um die Knöchel, wimmert und nach Atem ringt, ohne einen Muskel zu rühren, verzweifelt darauf wartend, daß Monahan zurückkommt und ein Ende macht.

Aber heute nicht. Nach dem langen Tagesritt, nach dem langen, befriedigenden Fick ist Monahan müde. Mit der Faust packt er fest die Latte des Jungen, dreht sich um und greift nach seinem Gürtel, der handlich zusammengerollt auf einem Felsen in Reichweite liegt.

Monahan lockert seinen Schwungarm. Der Gürtel zischt durch die Luft und klatscht gegen die Seite seines Stiefels. Joshua wird steif wie ein Block aus Granit. Ein leises, klagendes Heulen steigt aus seiner Kehle auf. Sein Schwanz schwillt in Monahans Faust an. Joshua weiß, was jetzt kommt.

Monahan schwingt den Gürtel nach oben und zurück und fängt das Ende mit der Hand auf, so daß er doppelt liegt. Kräftig quetscht er das Glied des Jungen, dann krümmt er die Hand und läßt den Schaft in der offenen Handfläche ruhen. Monahan hebt den Arm und zielt.

Dem lauten Klatschen folgt ein noch lauterer Schrei. Ein perfekter Treffer – so hart, daß Monahan den Schmerz durch Joshuas Schwanz hindurch noch in seiner Handfläche wahrnehmen kann. Rasch schließt er die Faust, gerade noch rechtzeitig, um den Samenstrom zu spüren, der aus der Röhre plätschert. Joshuas Schwanz windet sich in seiner Hand wie eine Schlange auf einem heißen Felsblock, aber Monahan hält ihn fest. Mit einem merkwürdig zischenden Laut schießt ein Strang weißer Soße aus dem Schlitz und klatscht gegen das glänzende Schwarz von Monahans Chaps. Joshua ist wie ein Tornado an der Leine, mit flatternden Arschbacken hopst er auf Zehenspitzen, und die Haare seiner blonde Mähne verschwimmen in der Luft wie Peitschenschnüre.

Monahan gibt ihn frei. Mit ein paar raschen Bewegungen dreht er den Kleinen um bis er ihm aufrecht gegenübersteht. Welch Anblick – mit rotem Gesicht, hochgezogenen Schultern, angelegten, zitternden Armen, mit Beinen, wacklig wie die eines neugeborenen Fohlens, mit seinem blonden Schwanz, der sich windet und zuckt und Monahan Schwall auf Schwall weißer Lava zwischen die Beine schießt. Monahan hat noch nie einen Jungen gekannt, der so viel Saft in sich hatte. Später wird Monahan ihn zwingen, alles aufzulecken. Erst einmal stößt er ein Lachen aus und gibt Joshua einen freundlichen Schubs an der Schulter, der gerade so fest ist, daß dieser rückwärts in den Teich plumpst.

Während Joshua spuckt und prustet, tritt Monahan zurück, läßt sich mit dem Arsch auf dem Thron nieder und streckt die langen Beine von sich. Er holt tief Atem. Er

174

blickt zum mondhellen Himmel und den Sternen auf und genießt das angenehme Zucken in seiner Schwanzwurzel. Er wird dem Jungen ein paar Minuten lassen, um sich zu erholen und Atem zu schöpfen. Dann wird er ihn an die Arbeit schicken, Feuer und etwas zum Futtern machen, das Zelt aufstellen lassen. Die Nacht wird kühl werden; vielleicht werden sie sogar eine Decke benötigen. Monahan kann sich auf einen Abend mit angenehmen Träumen freuen, an Joshuas Rücken geschmiegt und den Schwanz bequem in Joshuas kuschliges Loch gebettet.

Morgen, so sagt er sich, wird es an der Zeit sein, über den Rückweg zur Mine nachzudenken. Es sollte nicht schwerfallen, den Kleinen an die Arbeit zu gewöhnen.

Zur Hälfte besteht der Job darin, zu lernen, wie man Befehle befolgt. Zu lernen wie man die Dinge auf Monahans Weise tut, ohne Fragen zu stellen. Zu lernen, den Boß bei guter Laune zu halten.

Joshua kommt schon wieder aus dem Wasser, vielleicht fürchtet er, wegen Herumtrödelns bestraft zu werden. Monahan kneift die Augen zusammen und betrachtet die breiten Schultern und das gesenkte Gesicht des Jungen, seine sich hebende und senkende Brust mit den großen Nippeln, die vom Wasser eng zusammengezogen sind. Seinen großen, jungen Schwanz, der noch immer geschwollen und steif nach oben steht. Eine gute Investition, denkt er, wie ein gutes Gewehr oder ein Zuchtpferd. Die Zeit und die Mühe wert, und das Geld. Ein Besitz, der es wert ist, markiert zu werden...

Zum erstenmal seit Tagen erinnert Monahan sich an die Überraschung, die er tief im Gepäck für Joshua bereithält. Joshua hat ihre schwere Last seit Wochen geschleppt. Gewiß hat er sie von Zeit zu Zeit gespürt, wenn sie ihm sich hart und stumpf in den Rücken gebohrt hat. Vielleicht hat er sie sogar gesehen, wenn er abends das Eßgeschirr ausgepackt hat. Es gesehen und in irgend einem Winkel seines Verstandes gewußt, wozu es bestimmt ist, und ein qualvolles Erschauern verspürt – eine lange Eisenstange mit einer Windung am Ende, die den Buchstaben *M* einschließt.

Joshua dreht sich zum Teich und zeigt sein Hinterteil. Im Mondlicht schimmern die glatten Halbkugeln wie blauer Satin. Noch immer kann ihm der reine Anblick den Atem stocken lassen. Nur eines könnte ihn noch vollkommener machen – ein Brandzeichen, das ihn als sein persönliches Eigentum ausweist, für immer. Ein Zeichen, das dauerhafter ist, als die Spuren von Joshuas Tränen. Monahan lächelt und genießt das schwache Sirren an der Wurzel seines befriedigten Schwengels. Wenn sie erst bei der Mine sind, sagt er zu sich. Wenn sie erst bei der Mine sind…